Le problème de Nath

Gérald Tenenbaum

Le problème de Nath

BELIN
8, rue Férou 75278 Paris cedex 06
www.editions-belin.com

Collection CHARIVARI
dirigée par Nicole Czechowski

Déjà parus

- *Au pied du mur,* Jean-Bernard Pouy
- *La face cachée de Maître Pardès,* Alain Le Ninèze

Illustration de couverture : Stéphane Girel
Quizz : Béatrice Quintin

À Lisa, à Élie, pour ce doux partage

La sphère éventrée

« Nath et maths, comme vous voyez, ça fait deux ! » Adossée au mur, au fond de la salle de classe, Mme Maillert est visiblement très satisfaite de son petit effet. Hilares, les élèves en profitent pour chahuter.

Deux filles, au troisième rang, ont déjà replié leur ordinateur de travail en tissu biosynthétique, l'un en peau de léopard, ronronnant sourdement à la demande, l'autre en forme de kilt écossais savamment plissé, susceptible de couiner *La ballade des McIntosh* à tout moment. Les filles sont décidément trop bizarres.

Les sourires s'affichent et l'agitation enfle.

Nath, en revanche, cloué sur l'estrade tel un papillon sur une planche, a dans la gorge comme une grosse bouchée de pain qui refuse de passer. Il est là, impuissant, devant le grand écran tactile translucide, alors que le logiciel affiche, rebondissant dans l'air sur un ressort imaginaire, un énorme point d'interrogation rouge qui semble, lui aussi, participer à la moquerie générale.

Mais il ne va pas, à treize ans et demi, se mettre à pleurer devant tout le monde. Son oncle Ethan n'a-t-il pas dit un jour : « Pourquoi chigner quand on peut rechigner ? »

Oui, sans geindre, se rebeller, mais comment ?

Ethan avait une grosse moustache broussailleuse et des cheveux bruns frisés. Il souriait souvent et, comme Nath, il buvait beaucoup d'eau. De grandes rasades à pleine gorge, avec le bruit de l'eau qui entre dans la gorge.

De toute la famille, enfin de tous les grands de la famille, Ethan était son préféré. Il avait toujours un mot pour Nath, même moqueur – *Tiens, Nath, va donc me chercher cinq kilos de pommes de terre dans ta casquette !* Ensuite, il l'attirait à lui, par le bras, par la main, par la cuisse, jamais par la manche, et lui faisait un énorme *kish* sonore sur la joue, un de ceux qui mouillent, qui laissent une trace à essuyer discrètement après du plat de la paume, mais qui rassurent.

Nath, un jour, a vu Ethan pleurer.

Pas le premier adulte, mais le premier homme. Il ne savait pas, avant, qu'un homme aussi pouvait pleurer. Il n'avait d'ailleurs pas compris tout de suite, en entendant la voix d'Ethan s'enrayer. Puis les sanglots étaient venus, en secousse, en rafales, et tous, dans la pièce, étaient restés interdits.

C'était il y a cinq ou six ans déjà, en 2031 ou 2032, pendant la troisième guerre d'Afghanistan.

Ethan avait été mobilisé. On ne pouvait pas lui parler en visio, parce que les communications via l'internet mobile étaient interdites pendant les opérations, mais on avait des nouvelles régulières par le réseau fixe.

Cela dit, on s'inquiétait quand même, surtout Sylvie, la grand-mère de Nath et maman d'Ethan, qu'on appelait Bouba, et qui ne disait rien, mais qu'on voyait pâlir parfois, comme ça, pour rien.

S'inquiéter pour rien, avait-elle dit un jour, ça n'a jamais fait arriver les catastrophes. Puis, elle avait souri. Puis, elle avait soupiré. Et l'on avait compris qu'au fond, quand elle s'inquiétait pour rien, même elle, elle n'était pas sûre que c'était pour rien.

Un jour de printemps, Ethan est rentré. À l'improviste, en permission. Toute la famille s'est réunie alors pour entendre le soldat raconter. Nath était trop petit pour comprendre, il jouait avec les motifs du tapis persan, mais il a toujours gardé ce souvenir-là, autour de la table familiale, quand la voix s'est brisée.

Rechigner, avait dit Ethan, se révolter… Comment faire ? La prof visiblement s'impatiente. Il aurait tant aimé connaître la réponse et la lui lancer, la lui lâcher, comme ça, sans y toucher, voix lasse et regard limite impertinent, avant d'aller s'asseoir sans attendre la permission. Mais le point d'interrogation s'obstine à sautiller et Nath scrute désespérément la figure en perspective 3D qui pivote, impassible, indifférente, sur l'immense écran pédagogique.

– Alors, répète, du fond de la salle, Mme Maillert avec une doucereuse fermeté, que sont-elles donc, ces sections planes ?

Rien que le mot « section » lui donne la nausée. Elle ne pourrait pas dire « forme » ou « trace » ou n'importe quoi d'autre dans le langage de tout le monde ?

Mais non, « section » ça fait plus scientifique, sans doute, plus professionnel, plus présentable pour les adulés collègues. C'est à eux qu'elle veut plaire, pas à nous : il n'y a qu'à voir son air pseudo-charmeur, quand elle pose dans la salle des profs, tordant la bouche, croyant sourire, pendant les interclasses café.

Il relève la tête.

Une énorme sphère jaune se pavane là, sous ses yeux, fendue, éventrée par une immense lame, de celles qu'on a appris à désigner comme un plan oblique, dans les bleu-vert fluo. Il faut, s'il a bien compris, nommer la forme de la coupure.

Deviner, puis démontrer.

Ne pas pleurer. Ne pas chigner.

Il pense : si le plan est horizontal, la ligne de coupe est probablement un cercle. Il le sent, imaginant sans trop d'effort la main puissante d'un chevalier du ciel repositionnant à plat le plan vert pour le transformer en gazon cosmique. Puis : oui, mais ce plan-ci est penché. Alors, une ellipse ? Une forme oblongue aux coins arrondis, genre stade de Ben Hur ?

Les ongles de la main droite de Mme Maillert, à présent, pianotent sur le mur. Insupportable gazouillis, qui susurre : *clic, tu tiques, clac, tu rates, clic, c'est à pic, clac, que tu craques.*

Dire quelque chose. Quelque chose, au moins qui ne soit pas faux, même si ce n'est pas juste tout à fait.

Pas d'erreur, au point où il en est, c'est moindre mal, c'est déjà ça.

Au bord des lèvres, il a, prêt à sortir, un « c'est un cercle, Madame », avec, dans le même mouvement, l'intention de foncer ensuite vers sa chaise, mais c'est trop dangereux. Et les autres idées ne tiennent pas la route – probablement pas.

Les larmes montent.

Au premier rang, avec ses yeux ronds, ses joues en balles de tennis, et son T-shirt Calvin Klein bio-acrylique où flânent des nuages et des hirondelles, Estella n'attend que ça.

Il y a déjà plusieurs années que les tissus radio-récepteurs ont fait leur entrée dans les établissements scolaires. À présent, si l'on ne peut justifier d'au moins un accessoire vestimentaire issu de cette technologie, on est un nul-mais-nul, la dernière catégorie des sous-fifres des cours de récréation.

Mia, la mère de Nath est couturière. Couturière classique, précise-t-elle parfois, avec un peu de fierté et une once de défi.

Pas question de se donner en spectacle. Nath serre les mains dans son dos, et s'enfonce un ongle dans la paume.

Que dire qui ne provoque pas immédiatement les foudres du cerbère du fond de la salle ?

Une idée, une toute petite idée, émerge enfin.

Il se souvient avoir vu souligner, dans le DVD du cours, qu'un mot général s'applique à toutes les lignes dessinées dans l'espace. Il a retenu l'astuce, comme en prévision des jours difficiles.

– C'est une… courbe, Madame, avance-t-il d'une voix sans puissance.

– Certes, mon bonhomme, certes, mais encore ?

Pourquoi arbore-t-elle à nouveau ce sourire tordu ? Il a dit une bêtise, oui ou non ? Probablement non, puisqu'elle a répondu « certes ». Mais alors, pourquoi cette moue ?

Un nuage assombrit le ciel. Une ombre, un instant,

traverse la salle. Une attaque extra-terrestre serait la bienvenue. Tout le monde se sauverait en hurlant sous les rayons laser et en tentant d'éviter les tripodes crache-la-mort. Sauve-qui-peut. Les derniers arrivés ne trouveront sans doute pas place dans l'abri du sous-sol, celui qui a une porte jaune et dont on n'a jamais pu voir l'intérieur. Et, avec ses talons et ses jambes torses, Mme Maillert ne court pas très vite… Hélas, le soleil réapparaît bientôt derrière les vitres polarisées et la lumière réhabilitée impose à nouveau sa loi cruelle.

– Une courbe… plane ?

Petit rire de nez pour toute réponse. L'appareil orthodontique d'Estella, en revanche, luit de mille feux.

– Décidément, Nath et maths… soupire Mme Maillert. Enfin, ça ne fait rien, tu fais ce que tu peux, après tout… Bon. Eh bien, pour tous les plans, vois-tu, et je dis bien *pour tous*, ce sont des cercles, ces sections, des cercles, ce n'est tout de même pas bien compliqué, hein !

Immédiatement, Nath comprend qu'il lui aurait suffi de pencher la tête pour que le plan oblique se mue en plan horizontal. Mais, au fond, cela n'aurait rien changé. Il n'aurait rien dit, rien lâché, parce que, de toute façon, il ne sait pas *pourquoi* ces courbes-là doivent être des cercles.

Pas de regret, donc. Juste cette bouchée de pain noir, qui refuse de passer. Juste pas faim, quoi.

– Allez, c'est bientôt l'heure, conclut la prof maigre, qui avance, dodelinant du chef, menaçante, vers l'estrade où Nath s'est noyé. Je pose maintenant la question, poursuit-elle, mais attention, je la pose à toute la classe, pas seulement à ce pauvre Nath : pourquoi s'agit-il de cercles ? Quel théorème nous permettra donc de le dé-mon-trer ?

Impossible de réfléchir après s'être entendu traiter, petite méchanceté ordinaire, de « pauvre Nath ». Il y a certainement une histoire de triangles égaux ou semblables dans l'affaire, mais pas question d'y penser, là, alors que la houle fait tanguer l'estrade et que, vaincus, les phares amis, depuis le rivage, s'éteignent les uns après les autres.

Estella a prestement levé la main, mais c'est Enzo qui est le plus rapide.

– Le théorème de Pythagore, Madame, le théorème de Pythagore !

Pourquoi donc lui faut-il, pour dire ça, se soulever de son siège comme s'il avait fait dans sa culotte ?

– Exactement, Enzo ! Parfait ! acquiesce la mère Maillert alors que, sur l'écran, le colossal point d'interrogation rubicond s'est métamorphosé en un point d'exclamation à lunettes et bras articulés, applaudissant à tout rompre.

Trop c'est trop

Jaune clignotant sur fond noir, les horloges urbaines affichent *17:04*. Nath cille, les yeux un instant douloureux, en se retrouvant dans la rue. Rangés au bord du trottoir, les minibus électriques, bigarrés et sans chauffeur, attendent, muets, l'installation tumultueuse des écoliers.

Paul s'est approché de Nath et l'accompagne quelques pas. Il ne dit rien, d'abord, parce qu'il sent que Nath n'est pas bien, puis il dit : « Tu sais, moi non plus, je n'avais pas deviné. » C'est probablement un gentil mensonge, parce que Paul voit, souvent, même quand les autres ne voient pas, mais Nath lui sourit. C'est le maximum qu'il puisse faire : pour le moment les mots sont coincés au fond de son estomac.

Paul est rouquin, avec des petites taches orange sur tout le visage. Il cligne des yeux vers Nath, comme si tout cela n'avait pas tellement d'importance, et traverse la place, pour rejoindre sa mère et sa sœur qui l'attendent près de la boulangerie.

Toutes les portes des autobus sont grand ouvertes, en bouches d'ogres. Alors que Nath, résigné, se dirige vers la plus proche, Estella, depuis la première marche du bus mauve et jaune, l'interpelle :

– Tu n'as pas oublié qu'on passe les tests INPPM à la fin du mois ? siffle-t-elle, suave.

Bien sûr, il se souvient.

Il y pense, sans cesse, et le soir aussi, dans son lit.

Il en rêve même, par intermittence.

Des rêves rarement, en fait, plus souvent des cauchemars : une trappe s'ouvre sous son corps, alors qu'une voix nasillarde et pourtant caverneuse tonitrue « *Descends ! Descends ! Descends comme une pierre ! La honte, c'est à cent pieds sous terre !* » avant de partir d'un gigantesque éclat de rire aux échos démultipliés, comme une chasse d'eau intergalactique prête à l'engloutir, et le monde avec lui.

Les tests INPPM, comme Instruction Nationale Pour les Plus Méritants, ont été instaurés un peu avant sa naissance, vers 2023. Ils permettent d'économiser les deniers publics en réservant la scolarité gratuite aux meilleurs éléments de chaque classe d'âge. Les autres, les moins méritants, par tous désignés comme les « Moins », sont réduits à une triste alternative : payer pour apprendre ou entrer en formation professionnelle de seconde catégorie.

La mère d'Estella est médecin. Son père est avocat ou homme d'affaires, Nath ne sait plus, il se souvient seulement de l'avoir entendu mentionner « les affaires » le jour où il est venu chez eux pour l'anniversaire de la punaise aux dents d'acier. En tout cas, sa famille ne manque pas d'argent et les tests, pour Estella, ne sont pas source d'angoisse.

La situation de Nath n'a rien de comparable. Les ressources familiales étant ce qu'elles sont, le choix ne se pose pas vraiment. Au dernier appel visio de David, son père, depuis son vaisseau spatial en partance pour Alpha, ils n'ont presque parlé que de ça.

Et la conversation, hachée par le décalage temporel dû au formidable éloignement, s'était plutôt mal terminée. « Fais donc un effort ! » avait conclu David. C'était la voix grave, presque rêche, celle qu'il prend dans les moments difficiles, pour réaffirmer son autorité sur la famille, quand les signaux habituels sont inopérants.

Mia avait posé la main sur le cou de son fils alors qu'il tentait d'expliquer comme il pouvait, mais il ne pouvait pas, que ce n'était pas une question d'effort, ni même de volonté, mais que, quand même, même sans espoir, il allait essayer.

Il avait bredouillé, puis marmonné, puis appuyé, tremblant un peu, sur le bouton rouge pour lancer le signal d'attente de réponse.

Ils avaient patienté. Mia lui avait fait son petit sourire triste qui disait « Ça va aller, ça va aller », mais la réponse n'était pas venue. Après un bon quart d'heure, ils s'étaient résignés à admettre que David avait mis fin à la transmission.

Alors, non, il n'a pas oublié, et, oui, avec son sourire en lame de couteau et son cheveu sur la langue, Estella a touché l'endroit sensible.

– Je sais, Estella, ça va…

– En histoire, tu peux peut-être y arriver, mais pour les maths, franchement, tu vas avoir du mal, non ?

Elle est là, insistante, yeux en meurtrières, sur le marchepied, avec ses mollets maigres, ses chaussettes scintillantes et sa mimique incisive.

C'est parti tout seul. Avant même de l'avoir vraiment décidé, Nath lui shoote dans les tibias, lui qui ne sait d'ordinaire pas shooter, et il se sauve en courant.

Alors qu'il s'engouffre, au coin de la rue, dans la première traverse, il perçoit furtivement, accompagnant les cris suraigus de la petite punaise, une voix d'homme, peut-être celle du prof de français, M. Deschanel, qu'il a aperçu quelques minutes plus tôt verrouiller son casier.

Ces deux voix-là ensemble, c'est comme la promesse certifiée que des ennuis sérieux s'annoncent. Rien à battre.

Il court longtemps. Longtemps avec, dans la bouche, cet amer goût de sang qui bat, qui vient direct de la poitrine et qui emprisonne le cœur.

Un flic robot, un peu plus loin, aide les passants à traverser. Le sourire benoît du pantin l'apaise soudainement. Il est loin de chez lui, à présent.

Un petit square, avec un bac à sable. Il s'assoit. La tête dans les mains, les mains sur les genoux. Il est seul, il peut souffler. Il pleure. Enfin.

Le jour a décliné, et le soir est tombé. Mia va s'alarmer. Il se lève et s'approche du communibloc. On a un mot de passe, il s'en souvient. Et ce mot, c'est « matin ».

Au premier tintement du timbre d'appel, Mia répond. Sur l'écran virtuel, si lumineux dans la pénombre, il la voit et il voit l'inquiétude sur les traits fins de son visage.

– Maman, c'est moi, tout va bien.

– Où es-tu ? Dans la rue ?

– Oui, je voulais passer voir Simon, il part en stage demain après-midi.

Son grand frère a quitté la maison depuis dix-huit mois et s'est installé, seul, dans une chambre près du quartier des affaires. Nath le cherche encore, des yeux, des mains, parfois, dans sa chambre vide, quand il se lève la nuit après un cauchemar ou juste pour les toilettes. Simon a quelque chose d'Ethan, surtout depuis la mort d'Ethan. Simon sait toujours quoi dire ou quoi faire. Même leur papa David l'a reconnu – enfin, une fois.

Peut-être plus qu'une fois, à bien y réfléchir.

– Tu es sûr que ça va ?

– Oui, pourquoi ?

– Parce que M. Bougagnon, tu sais, le nouveau principal du collège, a appelé. Il était avec M. Deschanel.

– Ah !...

– Et alors, Nath ?

– C'est à cause d'Estella. Je te raconterai.

– Je sais, souffle-t-elle avec un sourire des yeux comme un baiser des yeux.

Simon a été la première excuse qui lui est venue à l'esprit, mais, ce soir, finalement, il n'a pas envie de le voir. Simon a toujours été bon élève, il réussit tous les tests, toujours. Et pas envie de rentrer à la maison non plus, maintenant que Mia est rassurée. Pas tout de suite.

Un vieux monsieur penché traverse la rue. Le robot en casquette, lui délivrant fixement son plus beau et unique sourire, agite les bras pour barrer le passage à des véhicules imaginaires.

– Dis, maman…

– Oui ?

– Je peux dormir chez Serge ?

Mia hésite un instant. Elle consulte sa montre et reprend.

– S'il est d'accord, ça va, mais je vous réveille demain matin à l'aube !

Serge a effectivement des habitudes de sommeil un peu hors normes. Et, comme il le dit lui-même, depuis qu'il est à la retraite, c'est-à-dire depuis une bonne vingtaine d'années, cela ne s'est pas arrangé.

– *Deal*, M'ma Mia.

– *Deal*, Nath-à-moi.

Serge est comme un grand-père mais il n'a rien d'un grand-père, l'âge mis à part, évidemment. Il a toujours été autour de la famille, pas dans la famille, mais juste autour, tout près, en réserve, en appoint. On chuchote, parfois, ou l'on sous-entend, qu'il a été très proche de Pascale, la mère de Mia, à la fin des années quatre-vingt-dix.

Il a fait tous les métiers, y compris enseignant, mais aussi coiffeur, libraire, directeur de foyer pour jeunes, puis pour chômeurs. Finalement, il s'est réfugié dans un mini-loft en centre ville, dont il sort rarement, sauf pour aller chez le bouquiniste au bout de la rue, principalement pour discuter.

Il est grand, les cheveux tout blancs, mais abondants, avec perpétuellement une barbe d'une semaine, poivre et sel, qu'il gratte pour réfléchir. Son dos lui provoque régulièrement de grandes douleurs, mais il ne se plaint pas, n'en parle pas. On le voit juste grimacer, ou se lever, ou s'asseoir, puis sourire et continuer la conversation.

Entre Nath et Serge une complicité s'est créée, dès le premier jour. Le jour même de la naissance de Nath, Serge est venu à la maternité. En cadeau de bienvenue au petit homme, il avait tendu à Mia un signet de cuir, un lien rouge, sur lequel était inscrite cette maxime signée Ralph Emerson : *Accroche ton char à une étoile.* Ensuite, au long des années, il a sonné à la maison, à intervalles irréguliers, pour le voir, le porter, lui donner le biberon, le promener, lui raconter des histoires.

Depuis que Nath est en âge de se déplacer seul, c'est plutôt lui qui rend visite à Serge. Il vient comme ça, naturellement, sans prétexte, sans prévenir. Serge ouvre la porte, qui d'ailleurs n'est jamais fermée à clef, et Nath entre. Il se passe parfois des heures avant qu'un mot ne soit échangé. Mais il arrive aussi que la conversation débute immédiatement et dure jusqu'à une heure avancée dans la nuit. Lorsque Nath tombe de fatigue, Serge lui indique son lit, qui est toujours fait, et s'assoit à côté, un livre à la main, éclairé de cette petite lampe à incandescence offerte un soir d'été, qui crée un halo autour de la page et laisse le champ libre aux ombres environnantes.

Nath frissonne en quittant le communibloc. La nuit est tombée. Le printemps se souvient qu'il est enfant de l'hiver. L'éclairage public forme des cercles concentriques et les zones intermédiaires grouillent de petits êtres malfaisants, à la limite de l'existence. Les visages fermés de certains passants véhiculent également une sourde menace – depuis le coucher du soleil, les vampires peuvent se promener librement.

Un autotax circule lentement au bord de la chaussée, tous feux clignotants, avec les prix affichés en vert sur fond blanc. Nath voudrait bien le prendre, mais il n'a pas de carte universelle sur lui, juste le code en tête, inutile sur ce genre de machine. Il se met à courir.

Haletant en ralliant enfin l'immeuble de Serge, il s'engouffre dans le hall et entre sans sonner.

Les chemins de traverse

D'habitude, pour Nath, pénétrer chez Serge, c'est comme prendre un billet au guichet d'une attraction foraine 3D sans connaître le programme. Petit frisson exquis : savoir qu'on part, et même qu'on part loin, mais se garder la surprise du où et du quand.

La première chose qui le frappe, ce qui le surprend à chaque fois, bien qu'à chaque fois il s'y attende – et même l'anticipe furtivement en prenant le graviscenceur –, c'est l'odeur.

L'odeur du papier.

L'appartement de Serge, une unique grande pièce compartimentée par des piles de livres et de périodiques, est le royaume du papier. De vieux livres imprimés, bien sûr, de ceux qu'on ne trouve plus aujourd'hui que chez les bouquinistes ou les antiquaires des quartiers en réhabilitation. Mais des magazines inconnus, aussi, avec des titres énormes relatifs à des actualités périmées depuis la fin du siècle dernier, voire depuis les années soixante, quand Serge était lui-même un enfant.

Il y en a pour tous les goûts, littéraires, politiques, médicaux, scientifiques, mondains... Il y a même des périodiques pour amateurs de jeux de stratégie ou de société.

Le monde de Serge est d'abord une forêt de papier.

Qui dit papier, dit partir. Qui dit partir, dit rêver. Serge partage également avec Nath une certaine attirance pour les étoiles.

Une représentation holographique d'un système solaire lointain tournoie constamment dans un angle du plafond. La programmation, agencée et régulièrement mise à jour par Serge depuis sa console, permet d'explorer toutes les formes connues d'évolution et de développement de la vie, depuis les premiers bouillonnements marins jusqu'aux mutations les plus sophistiquées. Un univers virtuel en réduction, obéissant à toutes les lois de cet univers-ci, mais susceptible d'emprunter tous les chemins de traverse.

– C'est l'évolution buissonnière, aime à dire Serge, levant les yeux au ciel avec son petit sourire en coin.

Cependant, aujourd'hui, Nath n'est pas d'humeur à explorer les exoplanètes virtuelles qui flânent au-dessus de leurs têtes.

Serge perçoit immédiatement que quelque chose ne va pas. Il lui sert son traditionnel verre de lait-groseille « chaud moyen » et attend.

C'est une des qualités de Serge : il sait attendre, surtout quand c'est urgent.

Sa chevelure dense et blanche est mobile comme celle d'un jeune homme. Sous la relative épaisseur due à l'âge, on devine qu'il a été longtemps mince ; ses mouvements ont conservé une singulière fluidité, sauf lorsque son dos le fait souffrir. Les traits de son visage, sans être particulièrement fins, ont une certaine élégance. Mais, ce qui s'en dégage surtout, c'est une étonnante naïveté, mêlée d'un zeste de folie délibérée. Comme si ne pas marcher droit était pour lui un choix assumé depuis toujours.

Serge attend. Nath boit son lait en silence. Un silence qui, entre eux, ne pèse pas, mais se savoure, comme le prélude musical d'une chanson connue. C'est ainsi, ça ne demande pas d'explication…

Après un temps, Nath demande :

– Les maths, tu as toujours su, ou c'est venu plus tard ?

Serge fronce les sourcils.

– Dis-moi, Nath, les tests, c'est quand ?

– Fin du mois. Mais toi dis-moi, tu as toujours su ?

– On mange un morceau et je te raconte après, d'accord ? Ta mère sait que tu es là ?

Nath hoche la tête et prend un livre en main, sur le haut de la pile la plus proche. Une bande dessinée du fond des âges que Serge a fait relier en maroquin mosaïqué : *Mandrake le magicien.* Est-ce qu'on peut devenir bon en maths par magie ? Est-ce qu'on peut réussir les tests grâce à un sortilège ?

Après le repas, steak de soja haché et salade d'algues réhydratées, Serge s'installe dans son « Perriand », un fauteuil en bois paillé très mal en point qu'il a trouvé dans une décharge, puis patiemment restauré, et qu'il désigne souvent comme son dernier compagnon de jeu.

– Tu te souviens de Pierrot Almendoza ?

– Ton copain de classe, celui qui est mort l'an dernier, juste avant les élections ?

– Oui, c'est ça… Tu sais ce qu'il a fait comme travail dans la vie ?

Nath hausse les épaules. Il n'a vu Pierrot que deux ou trois fois, chez Serge, et il n'aurait jamais pensé à demander son ancien métier à un retraité chauve qui s'épongeait le front en revenant des toilettes.

– Eh bien, Pierrot, était directeur d'un institut de sondages… Une sorte d'usine à maths… Or, vois-tu, quand on était gamins, Pierrot n'était pas Pierrot, mais Pedro.

Nath feuillette distraitement son Mandrake en haut de forme et cape à doublure rouge. Serge n'est pas gêné : il sait que Nath sait être à plusieurs endroits en même temps. Il poursuit donc son récit :

– C'était juste après mai 68, tu sais la révolution étudiante, celle qui a paralysé presque tout le pays…

– Jamais entendu parler de ça…

– Aucune importance, si ce n'est que la période qui a suivi a été très difficile pour les plus démunis, les plus fragiles. Pedro était le fils aîné d'une famille d'immigrés espagnols. À la suite des grèves, son père, renvoyé de l'usine, s'est vu contraint de rentrer au pays.

Nath poursuit sa lecture. Lothar, le fidèle serviteur africain du magicien, le file à son insu – pour le protéger. En rêve, il a vu son maître tomber dans une embuscade…

Mais, en filigrane, les mots de Serge frayent leur chemin :

– Pedro n'avait pas les moyens de continuer ses études. Alors, il s'est renseigné sur les aides possibles. Toute la famille le pressait de rentrer avec la famille. Mais, obstiné, il a continué à chercher. Finalement, il a entendu parler des bourses Karyn Taradash.

Nath relève la tête.

– Karyn Taradash était la fille d'un milliardaire américain, morte à la fleur de l'âge, probablement assassinée à cause de son engagement pour l'éducation des enfants défavorisés – les Noirs, les Portoricains, les immigrés d'Amérique du Sud…

Nath pose son Mandrake, ouvert, à l'envers, sur la petite table basse en bois plein, peinte en rouge coquelicot. Il se penche en avant.

– On l'a assassinée pour ça ?

– Tu sais, ricane Serge en secouant la tête de droite à gauche, dès que les pauvres s'instruisent, ils se mêlent de tout, ils veulent participer à toutes les décisions, ils deviennent arrogants, ils veulent même, parfois, devenir gouverneurs, sénateurs, présidents de la République…

Nath sourit. Charlot président… l'idée lui rappelle quelque chose…

D'un geste de la main, Serge attrape une mouche imaginaire, puis, songeur, la relâche.

– Oui, mon Nath, il y a, dans le monde, des enfants qui *rêveraient* d'aller à l'école…

Le spectre de Mme Maillert surgit illico. Nath sourit jaune : s'ils savaient, ils rêveraient à autre chose… Ensuite, il regarde le plafond, où vagabondent de nouveaux mondes. Il y a tant à comprendre.

– Et alors, pour Pedro ? La bourse ?

– J'y viens… Après la mort de sa fille, Taradash a créé une fondation. Tu sais comme sont les Américains. Il lui a donné le nom de Fondation Karyn Taradash. L'idée consistait à assister les enfants pauvres ou abandonnés pour leur permettre de faire des études de haut niveau. Il y avait même un grand concours ouvert chaque année, dans tous les pays du monde.

Nath laisse échapper un lourd soupir. Concours, examens, tests, les enfants du monde entier sont-ils condamnés à être ainsi constamment jugés ?

Il a la bouche sèche. Il se lève, et s'approche du coin cuisine, lui aussi délimité par des piles de livres mais également par quelques moules à tarte à bord cannelé.

– Alors Pedro-Pierrot, il a passé le concours ?

– Oui… Il en avait entendu parler par un copain d'un cousin d'Hendaye… Le problème, c'est que Pedro était plutôt moyen dans toutes les matières, et franchement nul en maths.

Nath sert deux verres d'eau. Il en tend un à Serge, qui ne le saisit pas. Nath le pose sur la table basse, à côté du Mandrake.

– Ah ? Et il y en avait, des maths, au concours ?

– Bien sûr. On était en première, et il y avait une épreuve de géométrie analytique.

Nath frissonne. Serge lui prend la main, de l'une des

siennes, d'abord, puis de l'autre, puis la relâche, après une légère pression.

– C'est un grand mot, tu sais, mais ce n'est pas si méchant… Faut pas s'en faire… Enfin bref, on a constitué une équipe de copains pour aider Pedro. Chacun devait potasser une matière, débroussailler, puis travailler avec lui pour le mettre à niveau. Mais personne ne voulait prendre les maths…

– Et pourquoi ça, il y en a toujours qui touchent, non ?

– Oui, mais les meilleurs de la classe n'étaient pas des potes de Pedro… Ils n'en avaient rien à faire du petit mosquito…

– Des Enzo, des Estella, je vois très bien ! s'esclaffe Nath, en fixant ses chaussures.

– Ces choses-là ne changent pas, tu as raison, Nath, les « premiers » resteront toujours des « premiers »… Alors, moi, qui avais plutôt du mal, je m'y suis collé, pour Pedro, pour qu'il reste ici.

– Trop fort ! Et tu as réussi ? Tu as réussi à comprendre et ensuite à lui expliquer ? J'y crois pas…

– Ça n'a pas été très loin, mais, oui, on s'est débrouillé… Tu sais, une des choses que j'ai découvertes à cette époque, c'est qu'on comprend beaucoup mieux soi-même quand on apprend pour expliquer à un autre que quand on apprend pour soi.

– J'aurais cru le contraire, lâche Nath, pensivement.

– C'est une question de distance, dit doucement Serge. Ce qu'on ne parvient pas à repousser un peu plus loin, on ne peut pas vraiment le comprendre.

Nath écarquille des yeux ronds comme des soucoupes volantes.

– On reparlera de ça plus tard, poursuit Serge. J'avais eu beaucoup de mal pour les dérivées…

– Vous étiez tous un peu à la dérive, en fait, souffle Nath sans sourire.

Il a déjà entendu des élèves des grandes classes mentionner ces fameuses dérivées, mais il n'a aucune idée de ce que cela peut bien signifier. Cela dit, le mot est plutôt évocateur, et Nath est né voyageur.

Complice, Serge surenchérit :

– Oui, Nath, mais quand on dérive à plusieurs, on va toujours quelque part…

Là dessus, Serge se met à tousser en quintes. Secoué par des spasmes, il se lève en se tenant les reins. Il prend le verre d'eau sur la table et, dès que l'orage est un peu calmé, boit goulûment en renversant quelques gouttes sur son pull-over. Depuis que Nath connaît Serge, il l'a toujours vu porter les mêmes pulls de laine avec, au col, une large échancrure en V. Il doit avoir un stock inépuisable, parce que ces modèles-là n'existent plus depuis des siècles dans les magasins.

– Mais tu as fait *comment* pour comprendre? demande Nath, dès que Serge s'est assis à nouveau.

Serge se relève, cherche du regard, à la ronde, un mystérieux objet, renonce, et finalement s'assoit par terre, les coudes sur son Perriand. Son vieux corps le fait souffrir, sans doute, mais, là, pour Nath, il a dix-sept ans, et il est en première.

– Les dérivées, je me souviens, c'étaient des « limites ». Il fallait d'abord comprendre les limites... La définition semblait simple, elle tenait en une ligne, mais à chaque fois que j'essayais un exemple, quelque chose clochait...

– Quoi? Qu'est-ce qui n'allait pas?

– Les nombres n'étaient plus des nombres. Ils bougeaient, ils *tendaient* les uns vers les autres... Je me souviens, maintenant qu'on en parle, c'est ça qui me perturbait... On ne pouvait compter sur rien...

– Et puis?

– Il fallait bien faire quelque chose. J'ai eu l'idée de reprendre le livre de seconde. Là, il y avait des explications différentes... Certaines plus géométriques...

Nath ne peut réprimer un nouveau soupir, en deux temps, comme un souvenir de sanglot.

Serge poursuit en baissant le ton, l'air conspirateur:

– J'ai compris le lien qu'on décrivait entre dérivée et tangente: plus vite la courbe grimpe, plus grande est la dérivée… Puis, j'ai ouvert le livre de troisième : ce qui me manquait sur les fonctions était là… Et, de fil en aiguille, je suis remonté jusqu'à la sixième, au livre de sixième, en prenant les choses à mon rythme, sans rien passer, sans rien lâcher, pour Pedro, et puis, à la fin, aussi pour moi…

Nath garde les paupières closes. Il voit par la voix de Serge.

– On est arrivé à quelque chose, conclut Serge. Il restait encore des zones obscures, mais on est arrivé à quelque chose. On a *imaginé* ce que cela pouvait être. C'était presque amusant… Et Pedro a été reçu… dernier ! Dernier, mais reçu !

Nath rouvre les yeux, pour regarder par la fenêtre. La nuit noire a effacé la ville.

Le refuge dans le mur

Il est déjà tard. Nath n'est pas Pedro, Paul n'est pas Serge... Nath a soudain sommeil, ou simplement besoin de rêver à cette histoire, qui dit que tout est possible, et cependant si difficile.

Serge, à qui rien de Nath n'échappe, lui indique son lit, qui est toujours fait.

Une fois couché, la tête sur l'oreiller, il a en face de lui le mur d'Excalibur. Serge est fasciné par les épopées médiévales, les chevaliers de la Table Ronde et leur recherche du Graal, cette coupe merveilleuse qui donne le secret de la vie. Il a consacré un mur entier à Excalibur, l'épée du Roi Arthur : dessins, gravures, photos, textes et vidéos sous divers formats.

La quête du Graal ressemble-t-elle à celle des mathématiques ? Il doit bien y avoir un secret...

Nath cherche sa position dans le lit. Il se souvient du jour où Serge a achevé la décoration du mur.

Le mur n'est plus un mur, c'est une porte qui s'ouvre sur les souvenirs d'un temps où rien n'était à prouver. Et ce temps-là, cette nuit-ci, est un refuge…

Nath se souvient. Serge l'avait invité pour le goûter. Ils n'étaient que tous les deux. Et, rien que pour eux deux, Serge avait dévoilé le mur.

– C'est l'épée qui était fichée dans le granit, celle que seul un enfant a pu retirer du sol ? avait demandé Nath, le regard plein d'étoiles.

– Pas tout à fait, avait répondu Serge, avant d'ajouter : tu veux savoir ? Viens je vais te raconter.

Serge n'était jamais à court d'histoires. Nath n'était jamais rassasié. Serge l'avait pris sur ses genoux. Il n'avait pas encore huit ans.

– En fait, Arthur a bien retiré une épée magique de la stèle de granit, mais ce n'était pas Excalibur, pas encore…

Nath avait fermé les yeux. C'était comme ça qu'il préférait écouter les histoires, pour mieux les voir.

– L'épée de la stèle, mon petit prince, Arthur l'a gardée longtemps, mais il l'a finalement brisée dans un combat contre le roi Pellinor, père de Lamorat de Galles, qui fut le troisième chevalier du monde, et père, surtout, tu sais, de Perceval le Gallois…

– Je vois, avait murmuré Nath, je vois… Qui étaient les deux premiers ?

Serge avait souri et serré le petit dans ses bras. Comme s'il avait attendu cette question.

– Lancelot et Tristan.

– Et pourquoi Arthur s'est-il battu contre Pellinor ?

– Pellinor gardait un passage. Arthur s'est avancé et l'a défié, mais ceci est une autre histoire… Revenons à Excalibur. Sans épée, un roi n'est pas un roi. Arthur était désespéré. Il errait, désœuvré, dans la forêt de Brocéliande. Comme il approchait du bord d'un lac, il vit une main de femme sortir de l'eau et brandir une épée de lumière.

– Excalibur ?

– Oui, Excalibur, mais il lui a fallu faire une promesse pour l'obtenir.

– Je vois, avait dit Nath, se lovant, paupières toujours closes, dans les grands bras de Serge. Quelle promesse ?

– Arthur a juré à la Dame du Lac de protéger le royaume d'Avalon et de rendre l'épée avant de mourir.

– Alors il a tenu parole, avait soufflé Nath, qui vivait en Avalon depuis toujours.

Serge avait hésité, regardé le plafond, puis le sol, puis repris sa respiration.

– Oui… Si l'on veut… En tout cas il a rendu l'épée… Beaucoup plus tard… Tu sais comment ?

Nath n'avait jamais su comment : il s'était endormi.

Nath franchit la porte dans l'autre sens. Le refuge est toujours là, mais il en est sorti.

Il se retourne dans son lit.

Lui qui attendait chaque anniversaire avec impatience, persuadé de grandir par bonds en ces occasions, il voudrait cette nuit revenir à cette époque, être à nouveau petit. Avant les maths, avant les tests, avant les doutes.

Parce qu'avant, avec Serge, c'était l'aventure, la quête, le défi, l'honneur et l'amour.

Avant, il voyageait en vainqueur.

À présent, il est perdu.

Il se recroqueville en chien de fusil, une main sur le ventre.

L'expression de Mia lui revient, quand elle se moquait un peu du monde révolu où Nath et Serge se retrouvaient. Cela mettait Nath en rage.

– Je m'en fiche, avait-t-il dit un soir à sa mère, tu peux bien en rire, quand je serai grand, avec Serge et Simon, on créera une communauté de chevaliers de l'espace et on écumera les systèmes solaires pour trouver…

– Pour trouver quoi ? avait répondu Mia, sentant, alertée par le ton rauque de la réponse, que l'affaire risquait de virer à l'aigre.

– … pour trouver… Je ne sais pas, moi, pour trouver… le secret de la vie !

– Mais, Nath, le secret de la vie, c'est ici qu'il faut le chercher, sur cette Terre. Regarde autour de toi, la vie est partout…

– Peut-être, alors, on cherchera… autre chose ! avait répliqué Nath, soudain calmé.

Et ils avaient ri ensemble, comme seuls savent rire ensemble une mère et son fils.

Nath ne veut pas quitter encore ces souvenirs où Mme Maillert n'existait pas et le sigle INPPM n'avait aucun sens. Il erre encore un peu au bord de sa mémoire, comme si l'on pouvait faire des ronds dans l'eau de la mémoire…

Il s'endort enfin.

Beaucoup plus tard, après avoir lu, et lu encore dans les cercles enveloppants de sa lampe surannée, Serge sombre à son tour.

Au matin, Nath ouvre les yeux. Il jette un regard à l'horloge à aiguilles qui grelotte au-dessus du réchaud. Il est dix heures et vingt minutes.

Il tourne la tête. Serge dort encore, sur le ventre, ronflant à peine. Juste une respiration un peu forte…

Nath se lève et regarde l'horloge une seconde fois. Dix heures et vingt minutes, c'est bien ça. L'heure de l'école est passée depuis longtemps…

Il a mal au ventre, soudain, comme si le cœur était descendu dans le ventre.

Mia n'a pas appelé.

La dame en beige

Nath secoue Serge, qui tente en vain d'ouvrir les yeux. Ses paupières sont un peu collées.

– Il faut appeler Mia, dis, Serge, il faut appeler Mia !

Serge émerge enfin. Un regard vers la pendule, puis ce geste, qu'il a souvent, d'une main qu'il se passe, doigts écartés, dans son abondante et lumineuse chevelure. Il se précipite avec ce mystérieux mélange de lenteur et d'efficacité propre aux hommes de son âge. Il saisit le combiné du visio et annonce distinctement : « Mia ! ».

Ça sonne, comme cela sonnait dans le temps.

Ça sonne encore, mais Mia ne répond pas.

– Elle est peut-être sortie, avance-t-il sans y croire, puis : viens, on y va. On va voir.

Nath est inquiet, mais surtout pour l'école.

– Et pour l'école, dit-il, tu pourras me faire un mot ?

– Oui... Enfin, non, mais on s'arrangera. Ne t'en fais pas pour ça.

Serge cherche ses vêtements, qui sont devant lui, sur la chaise. Nath, déjà vêtu, fait couler le café. Il tend une tasse fumante à Serge, qui s'en saisit avec un petit hochement de tête.

Serge s'habille : chemise blanche, pantalon de velours côtelé, éternel pull en V, veste de plurylon noir, sans insertion holographique. Ils sont prêts. Ils sortent.

Nath se dirige vers l'entrée du métro aérien. Serge le retient :

– Viens, Nath, on va prendre un autotax.

Ils font quelques pas. Aucun véhicule mauve à portée de vue. Nath pense à M. Deschanel, dont il a raté le cours ce matin. L'addition s'allonge et il n'y a pas d'indulgence à attendre.

Une auto grise est arrêtée au feu. Une dame est au volant, en manteau clair, poil de chameau, la cinquantaine, nuque courte. Elle croise le regard de Serge, qui s'approche. Il lui fait signe. Elle entrouvre la fenêtre. Les cheveux blancs inspirent confiance.

– Vous allez dans quelle direction ? demande Serge. Excusez-moi, mais c'est une urgence.

– Je ne sais pas, dit la conductrice avec un demi-sourire, et vous, vous allez où ?

– Quartier Saint-Paul, rue Abraham Lincoln. C'est à côté du Musée de la Guerre.

Elle hésite, toise Serge un instant, puis tourne le regard vers Nath, puis vers Serge à nouveau.

– Montez, dit-elle, je vous emmène.

C'est seulement une fois qu'ils sont installés dans l'auto, Serge devant, lui sur la banquette arrière, que Nath commence à s'imaginer des choses. Il est presque fier, enfin, de parvenir, lui aussi, à s'inquiéter pour rien.

– Si on appelait Simon ? souffle-t-il à Serge.

– Tu as raison. Mais, tu sais, je n'ai pas de visiobile.

Celui de Nath est resté au collège. Bouleversé par cette histoire de section plane, « pauvre Nath » n'a pas repris ses affaires. Quant à Serge, aussi curieux que cela paraisse, il n'en a pas du tout. Alors que toute la population, des enfants préscolaires aux vieillards grabataires, possède un téléphone mobile son et images raccordé en permanence au réseau, Serge a toujours refusé de rejoindre le club. Buté sur la question alors qu'il manie avec aisance toutes sortes de systèmes informatiques de dernière génération, il en est resté au fixe à domicile. Mia et Bouba Sylvie le lui ont souvent reproché, invoquant le fameux « on ne sait jamais ». David l'a défendu un jour, à la terrasse d'un café, après un repas d'anniversaire :

– *Homme libre, toujours tu chériras la mer* a dit le

poète ! Ne comprenez-vous pas que Serge est un naufragé permanent ?

Serge avait alors jeté un drôle de regard à David, entre étonnement et gratitude, avec une pointe d'angoisse. Serge, quoi.

Cela dit, le « on ne sait jamais », on y est aujourd'hui, et les choses diffèrent copieusement de celles auxquelles on aurait pu s'attendre.

La dame en poil de chameau conduit vite et bien. D'une main, elle sort son visiobile du sac assorti au manteau et le tend à Serge.

– Si c'est important, allez-y !

Serge s'en saisit sans hésiter.

– Rappelle-moi le numéro de ton frère ? demande-t-il à Nath.

Nath le connaît par cœur. Il le dicte directement à l'appareil.

Le répondeur se déclenche presque instantanément. La face souriante de Simon apparaît. Il a un visage tout en longueur et des cheveux bruns bouclés. Il a l'air d'un bon élève, de ceux qui ne craignent pas les interrogations écrites. C'est son frère : Nath le prend comme il est.

Entre les lentilles biologiques et les micro-opérations chirurgicales correctrices, presque plus personne aujourd'hui n'a de lunettes. Mais Simon, lui, porte de grosses lunettes rondes style siècle dernier, ou même celui d'avant. Il annonce qu'il est parti ce matin en stage spatial et qu'il ne sera pas joignable de la semaine. Nath est étonné. Il pensait que Simon ne quitterait pas son studio avant midi. L'idée le traverse qu'il s'est donné une matinée de tranquillité supplémentaire.

Ils tournent au coin de l'avenue Milton. L'immeuble, que Nath appelle « la maison », est juste à deux intersections.

Nath se penche à la portière lorsque le bâtiment est en vue. La fenêtre, il la connaît bien. C'est celle qui est juste à côté de celle aux volets bleus. Il y a un peu de brouillard encore, mais il devine que les rideaux sont tirés. Sa respiration s'accélère.

– Voulez-vous que je vous accompagne ou que je prévienne quelqu'un ? demande gentiment la conductrice beige.

D'un signe de tête, yeux baissés, Serge fait signe que non.

En quelques secondes, par le petit ascenseur à neutrinos installé l'année dernière, ils effacent les vingt-sept étages.

La porte, enfin. Avec, fixé en regard sur le mur, ce petit cylindre de métal, penché comme une apostrophe, que David a réassujetti il n'y a pas si longtemps. Juste avant son départ, en fait. Nath avait eu l'intention de demander ce que c'était, mais ayant repéré le sourire furtif échangé entre Mia et David, il s'était dit que c'était certainement une histoire pour grands. Il aura tout le temps de poser la question quand le temps sera venu.

La porte est fermée, évidemment. Serge, une fraction de seconde, semble céder à la panique. Il se passe la main dans les cheveux. Son menton tremble un peu, comme s'il mâchait un chewing-gum imaginaire. Mais déjà Nath compose le code, car il s'en souvient, et ce code, c'est « matin ».

Ils entrent. Une forte odeur de vomi les attire au salon. Mia gît sur le canapé, la tête tournée vers le ciel, inconsciente.

Mais vivante.

Une heure plus tard, à l'hôpital, ils sont face au médecin de garde. Ils attendent Bouba, que Serge a prévenue.

Le médecin, M. Bex, est un petit homme maigrichon, encore jeune, mais avec une drôle de calvitie sur le dessus du crâne : les régions dégarnies sont réparties en zones plus ou moins ovales, certaines luisantes, d'autres pas.

– C'est un coma métabolique, explique-t-il, comme on en voit de plus en plus souvent aujourd'hui, mais c'est sérieux.

Une infirmière trapue traverse pesamment le couloir. Nath, mécaniquement, lit son nom, inscrit sur sa poitrine : Mme Gordain, infirmière-chef. Elle a le chignon impeccable et le regard mauvais. Sa blouse est d'un blanc irréprochable. Elle porte de grosses chaussures de cuir noir, genre bottines pour handicapé ou pour randonneur. Elle adresse à Nath un rictus bizarre, comme si elle avait des aigreurs d'estomac.

Serge a les bras croisés, un soupçon de méfiance dans le regard.

– Mais enfin, souffle-t-il au médecin, elle n'a jamais eu de problème de ce côté-là...

– C'est fréquent, malheureusement, depuis l'accident nucléaire de 2027. La SRAA est parfois atteinte sans raison apparente...

– La SRAA ? demande Serge, visiblement agacé que Bex emploie des termes techniques avec des profanes, inquiets de surcroît.

– Excusez-moi, la substance réticulée, enfin le système réticulé activateur ascendant...

– Au fait, si vous voulez bien, lance Serge balayant d'un geste ample ces obscures précisions.

– Peu importe en effet, convient Bex. Le fait est que

le système nerveux central se dérègle, un peu comme dans un coma diabétique, mais sans cause définie. Il n'y a pas vraiment de traitement. Nous nous efforçons simplement de rétablir l'équilibre des diverses substances chimiques du sang…

– Et ?

– Eh bien, dans certains cas, cela suffit, et la personne se remet sans séquelles…

– Et dans les autres ?

– Je ne vous cacherai pas qu'il y a parfois des complications. Lorsque le patient entre en acidose, ou en coma hyper-osmolaire, nous avons souvent du mal à rééquilibrer… Mais nous n'en sommes pas là, ajoute-t-il en adressant un sourire mécanique à Nath.

Celui-ci en profite pour poser la seule question qui le tenaille depuis leur arrivée.

– On peut y aller ? Je peux la rejoindre ?

– Si tu veux, mon bonhomme, mais tu restes bien tranquille, hein, et tu n'ennuies pas les infirmières ?

En d'autres circonstances, Nath aurait haussé les épaules et fixé d'un air méprisant cet adulte incapable de s'adapter à l'âge de son interlocuteur. Mais, justement, comme il n'est plus le bébé que Bex croit, il se concentre sur l'essentiel :

– Merci, M'sieur ! dit-il en lâchant la main de Serge et en se précipitant dans le hall.

La chambre de Mia est la troisième à droite après le sas qui grince au milieu du corridor. Le numéro, inscrit sur la porte, est le 31. Nath ne se souvient pas du jour où Mia a eu 31 ans, mais elle le lui a raconté, un soir de tristesse en regardant la constellation d'Alpha scintiller au firmament. David lui avait offert un chapeau, un feutre mou style Borsalino. Et il avait glissé dans le revers une petite carte en bristol sur laquelle il avait écrit à l'encre bleue : *Pour que toute la vie, tu sois sur ton trente et un.*

C'est en une fraction de seconde que ce souvenir coloré a fait surface. Un moment plus bref encore suffit à le faire disparaître, chassé par la pensée sinistre que 31, 31 sur 54, c'est le minimum requis pour réussir les tests INPPM. Et conserver l'estime de son père.

Il entre dans la chambre. Il vérifie qu'elle respire, que le cliquètement des machines n'étouffe pas complètement la petite musique de vie qui file entre ses lèvres. Il s'approche. Il veut lui saisir la main, mais tressaille au contact froid de l'appareil métallique branché sur son poignet.

Alors, il s'approche encore, encore plus près, jusqu'à sentir le parfum de sa peau. Un baiser, comme celui d'un chevalier, un baiser sans doute saura la réveiller…

Mais c'est une gifle que Nath reçoit.

Feu sur la joue et larmes sourdant aux paupières, avant même de comprendre ce qui lui arrive.

Mme Gordain est entrée sans qu'il s'en aperçoive.

– On ne s'approche pas des malades, gare à toi, petit crapouillot ! grogne-t-elle en levant à nouveau la main.

Le secret d'Ethan

Plus que dans la main, c'est dans le regard de la femme en blanc que Nath sent la menace. Sensation inédite, vertige, presque nausée. Il connaît le mépris de Mme Maillert, la condescendance de M. Deschanel, mais, là, alors qu'il vient à peine de retrouver Mia, il fait face à de la haine.

Et la haine est sale. Elle tache, elle sent mauvais.

Pour la première fois dans sa vie, la peur véritable l'étreint. Pas la peur du noir, pas celle des créatures de la nuit, ni celle des monstres de l'espace. La peur toute simple, brutale, terrible, qui tombe sur lui, l'enserre et l'entrave, comme le filet d'un rétiaire. Mais le gladiateur, à cet instant, n'est pas un combattant de l'arène prêt à tout pour survivre, c'est juste une infirmière en blouse immaculée, une femme dont la vocation est d'aider et de soigner.

Et c'est cela, peut-être, qui ajoute à la peur le parfum de l'épouvante.

Il tremble. Il sent sa mâchoire se contracter, comme s'il allait claquer des dents. Dans un ultime réflexe, il esquive pourtant le coup avec l'agilité naturelle de son âge. Laissant jaillir ses larmes mais gardant les lèvres serrées, il se réfugie dans l'angle opposé, derrière les appareils de mesure.

Bizarrement, l'infirmière-chef ne tente pas de l'attraper. Elle s'approche calmement, avec une moue venimeuse au coin des lèvres.

– On va se revoir, crapouillot, on va se revoir, c'est moi qui te le dis, parce que, ta mère, vois-tu, elle n'est pas sortie de l'auberge. Tu vas revenir longtemps ici… Crois-moi, j'ai l'habitude… Alors tu as intérêt à filer doux, sinon… Eh bien, sinon, c'est elle qui en fera les frais, pigé ?

Là-dessus, elle s'approche du lit de Mia, agrippe sans douceur le bras fin et inerte, tâte négligemment un pouls faible, vérifie d'un coup d'œil le niveau de la perfusion, donne, de l'ongle, une très professionnelle chiquenaude sur le verre du flacon, et, sans un regard pour la malade immobile, sort de la pièce.

Un long moment, Nath demeure figé derrière le groupe de monitorage, composé de cinq petits blocs informatiques interagissant sans fil et d'un écran quartz transparent sur lequel clignotent divers nombres.

Progressivement, les larmes se tarissent. Il s'essuie le visage du revers de la main en observant la pièce. Elle est carrée, et, comme presque toutes les chambres d'hôpital, comporte un mur-écran pour la vidéo-surveillance. De l'intérieur, c'est simplement un miroir, qui reflète le lit pour les visiteurs, le ciel pour les malades. De l'extérieur, au-delà du mur, à travers la glace sans tain, c'est une fenêtre pour le personnel, qui voit tout et ne regarde rien.

À part le lit, les seuls meubles sont un immense fauteuil vert à vérins hydrauliques et un tabouret haut en bois et métal, avec des pieds mauves, comme un tabouret de bar, complètement incongru, décalé, perdu dans cet environnement aseptisé. Sa présence procure à Nath un certain réconfort. Les jambes démesurées et l'assise improbable de cet objet fourvoyé sont comme les garants d'une promesse de libération, de sortie, de guérison, de retrouvailles.

La respiration régulière de Mia le rassure. Bientôt, elle va se réveiller et lui parler, le prendre dans ses bras. Car Mia, qui dort à ses côtés, lui manque à présent.

Serge est dans le couloir ; il doit encore discuter avec les médecins, à moins que Bouba ne soit déjà arrivée.

Sur les écrans, Nath repère des libellés familiers : la température en bleu, la pression artérielle en rouge, la pulsation cardiaque en jaune… Plus bas, il y a une petite ligne noire avec des chiffres qui défilent lentement, comme ceux d'un compteur kilométrique sur une route de campagne. En face, cette mystérieuse mention en petites capitales grasses : PTP-1B.

La porte s'ouvre alors que Nath s'apprête à ressortir. Serge entre, accompagné de Bouba. Nath se précipite d'abord dans les bras de Serge, qui le serre avec évidence, puis, une fois lâché le gros soupir qui lui nouait le ventre, il vient embrasser sa grand-mère. C'est une belle femme encore, qui se tient bien droite, avec des cheveux courts et ondulés, qu'elle teignait avant en *auburn*, comme elle aimait à dire avec une pointe de défi.

Avant, c'est bien sûr avant la mort d'Ethan.

Les boucles sont grises à présent, ce qui donne à son visage un reflet cuivré, comme un masque de tristesse. Elle doit avoir à peu près l'âge de Serge, mais ils ne sont pas très proches. Ils se côtoient naturellement, comme si chacun considérait que l'autre avait toujours été là, et toujours le serait.

– Il faut lui parler, dit Serge, elle nous entend sûrement, de là où elle est, il faut lui dire qu'on l'attend, qu'elle nous manque, qu'elle a sa place ici…

– Est-ce que David est prévenu ? demande Bouba.

David est son fils aîné, mais elle avait une tendresse particulière pour Ethan. Quand il la prenait dans ses bras et la serrait si fort, à ne plus pouvoir respirer, c'était le bonheur qu'elle respirait.

Bien sûr, Nath y a déjà pensé, mais c'est impossible.

– Son vaisseau est dans l'ombre d'Hadar. On ne pourra pas lui parler avant au moins cinq jours, dit-il.

– C'est ennuyeux, souffle pensivement Bouba Sylvie en regardant Serge d'un air entendu. C'est très ennuyeux… Vraiment…

Nath déteste ces manières qu'ont parfois les adultes de protéger les enfants. Comme si les problèmes des adultes épargnaient les enfants.

Nath s'approche de Mia et l'embrasse sur les joues en lui parlant tout bas. Elle ne réagit pas, enfin pas vraiment, mais il sent que sa peau palpite doucement, il sent qu'elle est là, et qu'elle sait que lui est là pour elle, et qu'il ne la quittera pas.

La porte s'ouvre. C'est le Dr Bex, flanqué de Mme Gordain, impeccable. Il s'adresse à Bouba, sans savoir qu'elle est Bouba.

– Nous allons faire tout notre possible, mais il faut nous laisser faire notre travail, Madame. Nos infirmières vous donneront tous les renseignements nécessaires concernant les heures de visite… Aujourd'hui, c'était un peu exceptionnel, mais à l'avenir, vous voudrez bien vous conformer aux règles du service…

Il est clair que Mme Gordain est passée par là.

– Bien sûr, bien sûr, répond Sylvie sans rien révéler de son agacement. Dites-moi, Docteur, ajoute-t-elle en désignant la malade d'un mouvement de tête, ça peut durer longtemps comme ça ?

– J'ai déjà répondu tout à l'heure à Monsieur. Il faut rétablir le métabolisme. C'est une question de dosage et d'équilibre. Nous compensons les déficits et les excès, mais nous ne dirigeons pas l'ordinateur central. C'est à votre fille de nous aider…

– Ma belle-fille, rectifie Sylvie, plutôt sèche à présent.

– Oui, comme vous voudrez… Vous avez encore des questions ?

Il y en a une qui brûle les lèvres de Nath, à propos de ce PTP-1B qui semble si important pour le retour de Mia à la vie normale, mais il n'ose pas lever la main.

– Non, merci, tranche Bouba. Nous reviendrons demain. Au revoir, Docteur. Au revoir, Madame.

L'infirmière-chef, un peu étonnée qu'on ne l'oublie pas dans ces civilités, jette un regard soupçonneux à cette belle-mère en manteau noir qui, en quelques instants, a pris la mesure de la situation.

Une fois dehors, sur l'immense terre-plein, ils s'immobilisent un instant. Serge jette un regard doux à Nath et suggère comme ça, à la cantonade, qu'il pourrait le garder chez lui quelques jours.

– Non, non, décide Sylvie, je le ramène à la maison. Il faut qu'il aille en classe demain.

Chacun va donc son chemin. Bouba et Nath du leur, Serge du sien, qui choisit de rentrer à pied – parce qu'il aime bien réfléchir en marchant, précise-t-il avec cette inflexion particulière de la voix, cet air penché qu'il a, comme s'il lui restait, enfoui, resurgissant ainsi en ces moments fugaces, un regret ou une nostalgie insondables.

La grand-mère et le petit-fils repèrent rapidement un autotax. Comme ils s'y installent, Sylvie prend Nath dans ses bras. Il a un peu envie de pleurer, mais l'odeur de sa Bouba, légèrement salée, lui rappelle les anniversaires passés chez elle.

C'est juste assez pour se retenir.

– Tu veux dormir dans la chambre d'Ethan ? lui propose-t-elle comme une bonne surprise.

En fait, Nath dort *toujours* dans la chambre de son oncle disparu. C'est comme une caverne d'Ali Baba, il y découvre à chaque occasion de nouveaux trésors.

– Merci, Bouba, répond-t-il simplement.

À la manière dont elle se recale sur son siège, il sent que c'était la bonne réponse.

Sylvie, que même les commerçants du quartier appellent Bouba, habite une maison de trois étages en centre ville. Le rez-de-chaussée a été réaménagé depuis qu'elle y vit seule. Chaque pièce est peinte de couleurs vives, et le niveau tout entier est garni de meubles escamotables en tous genres. La maîtresse de maison les manipule avec une étonnante dextérité, non dénuée d'un surprenant ravissement juvénile.

Tout bouge, et, grâce aux télécommandes vocales, tout bouge tout seul : tables, chaises, tiroirs, panneaux du réseau global, et même tableaux, virtuels ou non, accrochés aux murs. Cela donne à l'ensemble un aspect magique qui éperonne l'imagination toujours aux aguets de Nath.

Nath n'a pas très faim. Ils ont fait un détour en chemin pour reprendre ses affaires de classe, mais il n'a pas envie, non plus, de relire ses leçons, surtout celle de maths, avec le cours sur les puissances et le calcul littéral. Rien que ce mot de *puissance* l'effraie : en quoi un nombre multiplié par lui-même est-il plus puissant qu'un autre ? Alors, un chapitre intitulé *Règles de calcul des puissances* est nécessairement le prélude à un véritable cauchemar. Et il se refuse, ce soir, à évoquer les puissances négatives, qui ne sauraient désigner autre chose que les forces du mal…

Non, ce soir qui n'est pas comme les autres soirs, Nath n'aspire qu'à se blottir auprès de Bouba, fermer les yeux, et penser à ce jour de printemps où Mia est montée avec lui sur les montagnes russes, au parc d'attractions. Y'a pas que le virtuel dans la vie…

Cependant, Bouba ne lui demande pas s'il a faim, ni ce qu'il voudrait manger. Alors qu'il est encore en train de délacer ses chaussures et cherche des yeux la grosse robe de chambre bleue en velours polaire qui l'attend toujours ici, le repas est prêt.

– Nath, viens, vite, vite, tes pâtes sont *aldente* et ça va refroidir.

Comment a-t-elle su que seules ces tagliatelles au parmesan et beurre étaient possibles à cette heure ?

Il s'assied sur le siège en bois thermoformé, surgi du sol à point nommé, et commence à manger. Il a faim, finalement. Très faim.

Le repas terminé, Nath accède enfin à la récompense de la journée. Investir le domaine sacré d'Ethan, ce sacré Ethan, parti si tôt et pourtant si présent.

– Je te laisse, mais tu remets tout en place après, dit Bouba.

On a l'impression fugitive que, lorsque Nath, qui lui était si proche, occupe la chambre d'Ethan, c'est un peu comme si Ethan revenait. Les petits plis au coin de la bouche de Bouba Sylvie s'estompent alors, et l'on dirait, mais ce n'est pas vrai, enfin, pas vrai pour de vrai, mais c'est tout de même ce qu'on dirait, que c'est Ethan qui vient lui pincer les fossettes et la faire sourire à son insu.

La chambre d'Ethan, Ethan l'a quittée depuis longtemps, c'est-à-dire longtemps avant sa mort prématurée en Afghanistan, dans un accident d'hélicoptère. C'est une chambre d'adolescent, avec les marques de l'enfant qu'il n'était plus et les prémisses de l'adulte qu'il a effectivement été, même s'il l'a été pendant un temps trop court. Le temps d'un été, pense Nath dans un souffle.

Ethan était enfant dans les années 1990. À cette époque, le pétrole n'était pas encore, comme aujourd'hui, une denrée rare. Ses dérivés, comme le plastique, l'étaient encore moins. Un tiroir de la commode, Nath sait lequel, recèle une fantastique collection de soldats en matière plastique rigide de la plus belle facture : centurions romains en jupette, glaive au poing, chevaliers du Moyen Âge en heaume et armure, juchés sur leurs destriers, grognards napoléoniens chargeant leurs pièces de mortier.

Nath est trop grand pour jouer aux soldats, mais, à chaque fois qu'il vient ici, il en éprouve un vrai regret. Alors, pensant à Ethan, il dispose les figurines sur le sol, convertissant, comme autrefois, les motifs du tapis en éléments de paysage. Juste comme ça, pas pour jouer, juste pour se souvenir.

Mais ce soir n'est pas comme les autres soirs. Nath fouille dans les tiroirs de l'armoire, ceux qui sont derrière la double porte. Puis dans le caisson à oreillers, qui sert aussi de tête de lit. Il ne sait pas ce qu'il cherche, mais il cherche, il sort les objets, scrute les encoignures, passe la main quand il ne voit pas suffisamment, et explore du bout des doigts le profond réceptacle.

Mais rien, rien d'intéressant en tout cas.

Il est déçu.

Il fait un tour dans la bibliothèque. Les *Harry Potter*, visiblement, n'ont pas été lus, mais *Les Orphelins Baudelaire* sont tout cornés. Il y a un album presque sans texte, *Le Ballon rouge*, avec des photos passées comme celles du cinéma pré-numérique, qu'il feuillette et pose sur le bureau, en se promettant de demander demain à Bouba s'il peut l'emporter. (Il sait que la réponse sera oui, mais qu'il faudra faire toutes les promesses d'usage.) Il passe sans s'arrêter sur le *Guinness des records 96*, s'arrête sur la collection des *Mythes et légendes : L'Égypte, L'Amazonie, Les Métamorphoses, Paris, Les Incas, La Chevalerie*… Les enfants de l'époque d'Ethan achetaient des livres, ou bien on les leur offrait. Aujourd'hui, les livres se lisent tout seuls, il suffit de tirer l'anneau central et le 3D se lance…

Il sent, c'est une certitude, qu'Ethan et lui auraient échangé des livres, qu'ils auraient aimé les mêmes.

Il se couche enfin, avec l'image de Mia, qui respire et ne le voit pas, et celle d'Ethan aussi, qui le voit mais ne respire pas.

« *Va donc me chercher cinq kilos de pommes de terre dans ta casquette !* » disait Ethan.

Nath sourit, la tête sur l'oreiller.

Il revoit l'expression taquine sous la moustache… Si Ethan avait caché quelque chose, ce pourrait être dans une casquette…

Il se relève et ouvre l'armoire. Plusieurs casquettes à carreaux de style anglais sont effectivement rangées, sagement, sur la tablette supérieure.

Il les prend en main, une à une. Elles sentent le tabac, comme si Ethan, qui ne fumait pas, les avait enfilées pour fréquenter des bars louches ou des lieux interlopes, ces endroits qui vivent la nuit, comme il avait dit un jour avec une forme d'absence dans le regard…

Soudain, cela crisse sous ses doigts, c'est dur, lourd de promesses. La doublure d'un de ces couvre-chefs incongrus abrite indubitablement un secret. Il est prêt à la déchirer, mais c'est inutile, elle est déjà décousue.

Tremblant un peu, mais confiant parce que c'est Ethan, Nath y glisse la main. Il en extrait un petit cahier, un cahier d'écolier, mais pas d'écolier d'aujourd'hui. Un cahier dont aucun écolier d'aujourd'hui n'aurait l'usage.

Un journal intime.

La Table de Zardalou

Tenant le précieux calepin bien serré entre ses mains, Nath se recouche. Il rehausse son oreiller, se cale confortablement, et se prépare à la lecture.

Ethan a disparu en 2032, alors qu'il avait lui-même à peine huit ans, mais il est encore vivant dans son monde caché. Nath se prend parfois à retenir sa respiration des minutes entières pour écouter Ethan et sentir sa présence, juste au cas où il passerait par là.

Sur la page de garde, il est écrit : *Livre neuvième de la chronique hachée menu comme chair à pâté des billevesées ébullitives d'Ethan K., pour son neveu Nath, quand il sera grand… ou quand il le voudra.*

Nath repose un instant le cahier sur ses genoux. Ainsi, ce journal intime, finalement, c'est à lui qu'il est destiné. Par conséquence, cette rengaine d'Ethan, avec ses kilos de pommes de terre, prend à présent un sens bien différent : celui d'un message codé à effet retard !

Comme un boomerang, lui revient alors en mémoire ce jour de vacances, au bord de la mer.

Ethan l'avait emmené en promenade sur la corniche.

Il fallait franchir un passage escarpé. Son oncle l'avait saisi dans ses bras. Il avait senti sa force, plus tranquille que celle de David, plus sereine, plus vivante. Maintenant fermement le petit corps cramponné au sien, Ethan avait ensuite voleté de rocher en rocher, amortissant les atterrissages avec la maîtrise d'un funambule.

Ayant atteint la zone de sable et finalement reposé Nath sur le sol, il s'était assis, avait pris Nath sur ses genoux et, à peine essoufflé, mais tout de même, avait murmuré à son oreille : « Nath et Ethan, ce sont presque les mêmes lettres, et Nathanaël, bien sûr, contient Ethan. Alors, mon bonhomme, souviens-toi : toutes les lettres de ton oncle te reviennent de plein droit. »

Nath n'avait pas bien compris ce que cela pouvait signifier, mais il avait rangé cette phrase dans un tiroir de sa mémoire. Elle y est restée plongée toutes ces années, et affleure aujourd'hui, à point nommé.

Ainsi, il y a d'autres cahiers, pense-t-il, qui probablement remontent jusqu'à l'enfance d'Ethan. Nath a quelques idées concernant les endroits où chercher.

Mais pas tout de suite.

Il est trop impatient, à l'instant, de découvrir celui qu'il a entre les mains.

Il date de la dernière période, alors qu'Ethan était en Afghanistan. Nath se souvient : Ethan est rentré en permission vers la mi-avril. La mauvaise nouvelle est tombée quelques semaines plus tard, dans la première moitié de mai. Ce sont donc là les derniers écrits de son oncle.

Dans les premières pages, Ethan traverse la désertique vallée d'Ajdar, au Nord, alors que son unité est harcelée par des rebelles insaisissables.

Le scoop, c'est que, dans la tourmente, Ethan est tombé amoureux.

L'élue se prénomme Gwen, une lieutenante britannique rousse au teint de pêche, enrôlée comme lui dans les Forces internationales d'interposition, les FII. Gwen et Ethan ne se quittent plus. Ils partagent la responsabilité de la conduite d'une unité d'observation et d'un transport de troupes blindé, un de ces engins carrés qui se meut sur des chenilles et avale des montagnes au petit-déjeuner.

Étonnant, tout de même, se dit Nath, que personne dans la famille n'ait jamais entendu parler de Gwen. Qu'est-elle devenue aujourd'hui ?

Nath a le souvenir d'un oncle toujours gai et enjoué. Mais ici, sous l'encre violette illuminant les pages de ce cahier secret, il sent qu'Ethan est heureux.

La vallée, apprend-il en continuant sa lecture, est barrée d'un gigantesque mur de travertin, cette roche blanche, jaune ou rougeâtre, selon les lieux et les impuretés auxquelles elle a été mélangée. Il s'agit d'un véritable barrage naturel, haut de quatre-vingts mètres et long de deux cent cinquante, qui possède lui-même une histoire, racontée par les villageois.

Gwen a écouté leurs légendes et les a recueillies dans le caméo-3D qu'elle emporte partout avec elle. Dans le civil, Gwen enseigne l'histoire, à York, dans le nord de l'Angleterre. Elle contribue également, de manière régulière, à plusieurs revues courageuses qui tentent, sans idée préconçue, de parler aux hommes du monde des hommes.

Ethan, de son écriture fine, a consigné la sagesse populaire. Ali, gendre et héritier de Mahomet, a délivré la contrée d'un terrible dragon – Ajdar, en persan – qui, chaque soir au coucher du soleil, réclamait aux villageois trois cents kilos de chair fraîche, deux chameaux et une jeune fille vierge. Ali a défié la bête, mu par son seul courage et armé de Zulfikar, son fameux cimeterre à deux pointes offert par Mahomet. La tradition orale séculaire l'affirme : le barrage n'est en réalité rien d'autre que le corps pétrifié du dragon. Quant à la fissure centrale, tout le monde le sait même si les étrangers ont du mal à l'admettre, c'est la trace, laissée par Zulfikar, du formidable coup de grâce donné par Ali au dragon vaincu.

Nath est songeur. Les deux hommes dont, dans sa courte vie, il se sent le plus proche lui racontent des épopées et des exploits. Ethan et Serge, Excalibur et Zulfikar, ses deux guides ont en commun de croire à l'impossible, de mêler le rêve à la réalité, de regarder au loin… et de trébucher sur les cailloux du chemin. Nath étouffe un petit rire de gorge en évoquant, seul dans son lit, le désarroi de Serge ensommeillé cherchant ses vêtements comme un zombie.

Nath tourne les pages, trop impatient de découvrir la suite des aventures afghanes de son oncle, d'en humer le parfum. Sachant déjà qu'il relira tout en détail, encore et encore, il ne peut s'interdire de survoler le texte, comme une mouette affamée au-dessus d'un pré salé.

Les sentiments de Gwen et Ethan s'affermissent clairement au fil des pages. Il y a même un dessin à l'encre de Gwen représentant Ethan endormi, un scorpion à deux doigts de son oreille. Gwen, ce jour-là, lui avait sauvé la vie et Ethan lui avait ensuite demandé de fixer la scène sur le papier. Mais quand on est deux perdus dans la tornade d'une guerre absurde, c'est à chaque minute, à chaque seconde, que l'on se sauve mutuellement la vie.

Ils sont ensuite descendus au Sud, en zigzag, des ocres falaises de Bamyan aux sonores gorges de Tangui Ghanou, en passant par les paisibles lacs de Band-i-Amir.

C'est finalement au voisinage d'un plateau de lave noire vieux de plusieurs millions d'années, la Table de Zardalou, qu'ils ont établi un campement plus durable. La raison officielle en est qu'à cet endroit le relief se prête naturellement à des essais balistiques pour une nouvelle classe d'obus à longue portée : la nature elle-même ne s'y est-elle pas risquée, dans la nuit des temps, en chargeant un redoutable volcan d'expédier les laves en fusion à plus de quinze kilomètres ?

Un passage plus dense attire l'attention de Nath. L'écriture d'Ethan y est tourmentée, presque saccadée. Bizarrement, quelques paragraphes plus loin, il a aussi reproduit une courbe comme on en voit dans les livres de maths. Nath est intrigué. Il tourne la page. Ethan s'adresse directement à lui.

Nath, oh mon Nath, je suis malheureux. Rien ne pourrait me soulager, mais j'aimerais tant, à l'heure qu'il est, pouvoir te serrer dans mes bras et retrouver sur ton visage l'insouciance de l'enfance. Je suis malheureux. Nath, dans cette campagne insensée contre des rebelles invisibles, je viens de perdre – il y a aujourd'hui exactement treize jours – la femme de ma vie, ma compagne, je viens de perdre Gwen. Oui, Gwen s'en est allée, à jamais. Plus jamais je ne pourrai retrouver son épaule lorsque je serai découragé, plus jamais je ne pourrai m'accrocher à son sourire lorsque l'existence me semblera trop sérieuse.

Nath n'a aucun moyen réel de le vérifier, mais c'est tout de même une certitude : ce jour où il a vu Ethan pleurer, autour de la table familiale, c'était pendant la permission qui a suivi la mort de Gwen, cette même permission au cours de laquelle Ethan lui a laissé son journal secret…

Le cœur serré, il poursuit.

Nath, je ne sais pas quel âge tu auras lorsque tu liras ces lignes, mais je sais que tu comprendras. Et ce que j'ai à te dire, je le sais tout autant, ne te quittera plus jamais et t'accompagnera, d'une manière ou d'une autre, pendant toute ta vie. J'espère que nous aurons la possibilité d'en parler ensemble un jour, mais si, pour une raison quelconque, cela ne devait pas se faire, je préfère tout consigner ici en détail.

Le Haut Commandement a cantonné notre unité dans cette sinistre région de la Table de Zardalou, essentiellement pour effectuer des essais balistiques. Tu es encore jeune mais tu as déjà lancé des pierres, n'est-ce pas ? Eh bien, pour les obus, c'est la même chose : ces engins porteurs de mort se déplacent dans l'atmosphère comme de vulgaires cailloux inoffensifs.

Gwen et moi devions vérifier que les projectiles, lancés depuis une base située à plusieurs dizaines de kilomètres, atteignaient bien leurs objectifs : outre notre fonction de responsables d'un engin transporteur de troupes, nous assurions la fonction d'observateurs. Or, les tirs sont réglés par un ordinateur central qui, depuis le Centre de Commandement Européen, envoie des instructions numériques aux pièces d'artillerie sur place. Tu me suis bien ? C'est un ordinateur situé à plusieurs milliers de kilomètres qui programme la trajectoire des obus sur le terrain !

Nath relève un instant la tête. Il a du mal à visualiser la situation, mais cela ne lui semble pas réellement anormal. Dans le monde tel qu'il le connaît *tout* est régi par des ordinateurs… Il baisse à nouveau le regard et examine le cahier plus en détail. Ethan a visiblement tenté une première fois de faire son dessin sur cette même page, mais il s'est repris et a rayé son esquisse. Le dessin définitif n'apparaît qu'à la page suivante.

En théorie, mon Nath, tout cela est fort simple, les équations de la balistique sont bien connues : la portée des pièces d'artillerie est à la fois proportionnelle au carré de la vitesse initiale et au sinus du double de l'angle que fait le canon avec le sol.

C'est là qu'apparaît le dessin, avec un obus noir, stupide et menaçant, qui se déplace selon un pointillé... Ethan a même écrit l'équation en dessous :

$$p = v_0^2 \sin(2\alpha)/g.$$

Effectivement, cela ne fait pas grand sens pour lui, si ce n'est que le mot sinus évoque immédiatement le nom de Pythagore, qui a pris récemment de sinistres résonances. Mais son oncle disparu a visiblement anticipé sa réaction.

En fait, ce n'est pas grave si ces précisions ne te disent rien, ce qui m'importe, c'est que tu comprennes ce qui s'est passé, et qui a changé le cours de ma vie.

L'équation que je viens d'écrire n'est qu'une approximation correspondant à un mouvement parfait dans le vide. En pratique, il faut tenir compte du frottement de l'obus sur l'air, qui infléchit la trajectoire, puis du vent, susceptible de tourner, et encore de l'incertitude sur la hausse du canon, et encore des variations dans la température et la densité du métal, etc... Normalement, tous ces paramètres sont détectés par des capteurs électroniques et programmés avec précision.

Or, Nath, lorsque Gwen et moi avons atteint la lande noire et commandé le tir, nous étions positionnés chacun sur un petit monticule d'observation, distants de quelques centaines de mètres, et nous nous faisions des signes comme font tous les amoureux. Les obus tombaient au loin, fissurant la lave millénaire, et nous étions chargés d'envoyer des corrections que l'ordinateur interprétait…

Tout à coup, nous avons entendu un sifflement rauque au-dessus de nos têtes : les données avaient été mal enregistrées et les tirs tombaient droit sur nous. L'ordinateur distant, qui pourtant « connaissait » notre position, avait fourni de mauvaises coordonnées et aucun système d'alarme ne s'était déclenché. Tu devines la suite : la Table de Zardalou aurait pu être mon tombeau, mais il est devenu celui de Gwen…

Nath n'a jamais été en reste pour l'imagination. Oui, il devine, il fait plus que cela, il voit la scène. Il voit le regard incrédule d'Ethan à la seconde où il comprend que les trajectoires sont fausses, et il voit la dernière expression de Gwen, qui n'a plus le temps de bouger, juste le temps d'un regard, peut-être même un sourire, pour signifier son amour une ultime fois…

La conclusion d'Ethan, sans appel, prend la forme d'une mise en garde désespérée.

Nath, mon neveu Nath, quand tu liras ces lignes, je voudrais que tu retiennes que le destin est trop important pour être confié à une machine, fût-il un ordinateur infaillible. Il n'y a pas de certitude, mon Nath, rien n'est automatiquement juste, aucun calcul ne peut être accepté sans vérification. Si je peux te donner, comme un oncle qui t'aime, un conseil pour ta vie, c'est celui-ci : pense par toi-même, toujours, toujours, et jamais n'accepte de rien ni personne qu'il le fasse à ta place.

Il est très tard dans la nuit. Les paupières de Nath se ferment toutes seules. Le cahier lui tombe des mains. Il s'endort sans même éteindre la lumière.

Son premier rêve, cette nuit-là, lui dévoile Mia, en chemise d'hôpital, errant sur la lande stérile et désolée de la Table de Zardalou. Il est présent, lui aussi, placé sur un petit tertre d'observation à quelques centaines de mètres. Il lui crie de se protéger. Il crie, il crie encore, mais elle n'entend pas : un sifflement rauque, accompagnant une ombre gigantesque au-dessus de l'horizon, avale tous les sons humains.

La bille dans la carafe

Au matin, Nath a de petits yeux engourdis de sommeil, mais il ne sent pas la fatigue de sa nuit de lecture. Bouba lui a promis qu'après la sortie de l'école ils se rendraient à l'hôpital. Elle a reçu, lors de son appel matinal, des nouvelles plutôt rassurantes.

– Ils disent qu'elle devrait sortir du coma bientôt, que son sang retrouve une sorte d'équilibre, marmonne-t-elle pensivement, comme pour s'en convaincre elle-même. Enfin, on verra bien ce soir, finit-elle par trancher, comme si cette perspective tranchait quoi que ce soit.

Même s'il n'ose pas le dire à cet instant, Nath est persuadé qu'il retrouvera Mia éveillée, fatiguée peut-être mais éveillée, et prête à quitter l'hôpital.

Il imagine aussi la manière dont il racontera toute cette aventure à David. Pour une fois, ils ne parleront pas des tests INPPM. Quand il est inquiet ou agacé, ou les deux, David a la même expression que Bouba Sylvie, coins de la bouche obstinément carrés. C'est un signe que Nath a appris à reconnaître, même à distance, sur l'écran ou en transmission 3D. Tous sens en éveil, il progresse alors avec la prudence du guerrier apache sur les traces du grizzli blessé.

Si Mia est là, présente, à ses côtés, David saura d'avance que tout s'est bien terminé et Nath pourra relater les événements par le menu, en mimant les scènes et en insistant sur le fait qu'avec Serge, ils ont pris des initiatives.

Parce que « initiative », c'est le mot magique pour David. « *Être responsable, c'est être capable de prendre des initiatives* », « *l'initiative, c'est la voie royale de la liberté* », « *initiative commence comme initiales et finit comme locomotive : c'est le moteur de la personne humaine* » – les maximes paternelles, ordinairement déclamées avec un curieux mélange d'emphase et d'auto-dérision, lui reviennent en mémoire, et même aux oreilles.

Si seulement…

Bouba se meut dans la cuisine avec son habituelle efficacité, tissée de gestes imperceptibles. Nath s'assied à table et, sans un mot mais avec un sourire des yeux dans les yeux de sa grand-mère, il avale son bol de lait sans OGM – Bouba est une des dernières rebelles refusant ces aliments génétiquement modifiés qui ont envahi les supermarchés depuis une bonne trentaine d'années – et il croque à pleines dents sa tartine de beurre et confiture de fraises. Bouba met du beurre partout.

Le collège n'est pas très loin, mais, comme Sylvie accompagne Nath pour informer le principal Bougagnon, ils prennent tout de même le bus scolaire sans chauffeur. Lorsqu'ils s'y installent, les enfants déjà présents se taisent brutalement, comme si Bouba était une accompagnatrice autorisée ou une surveillante appointée. Cependant, elle leur sourit et lance à la cantonade : « De mon temps, on allait à l'école à pied... mais ça nous aurait bien plu, tout de même, de nous y rendre dans un pareil engin ! » Cette seule remarque suffit à réinstaller le brouhaha ambiant, qui reprend son cours normal quelques instants plus tard.

Ils pénètrent dans le sombre établissement par la porte de côté, celle qui est normalement réservée aux visiteurs et strictement interdite aux élèves. Le sas est commandé depuis une sorte d'aquarium où flottent deux pions apathiques. Sylvie leur demande la direction du bureau de M. Bougagnon. Le plus lucide des deux se lève pour indiquer le chemin. On sent comme un respect dans sa voix, venu naturellement. C'est ma Bouba qui inspire ça, pense Nath avec une certaine fierté.

Ils se séparent dans le couloir. Sylvie se dirige vers le secteur administratif et Nath rejoint sa classe. Ce matin, il y a anglais, puis deux heures de maths.

On l'aperçoit depuis le bout du couloir. Paul est le premier à se précipiter vers lui. Sous les taches de rousseur, perce la curiosité.

– Tu as raté le contrôle de physique...

– C'est vrai, souffle Nath, j'avais oublié. Elle a dit quoi, la prof?

– Que tu le passeras quand même, mais avec l'autre groupe.

– Je m'y attendais. C'était dur ?

– Non, non, c'est ce qu'elle avait dit la semaine dernière... Le cycle de l'eau... Bateau, quoi !

Paul est coutumier de ce genre de plaisanterie discrète, qu'il ne ponctue ni du visage, ni de la voix. Nath avait complètement effacé de sa mémoire les indications données à la fin de la séance de travaux pratiques. S'il était venu, il n'aurait probablement pas été prêt, en tout cas pas tout à fait.

Paul appartient à cette catégorie d'élèves qui savent toujours interpréter les coups de pouce cachés des profs, qui se souviennent des petites phrases au bon moment et qui révisent systématiquement les bonnes leçons. Mais Paul est aussi de ceux à qui l'on pardonne toutes les réussites. Et puis, Paul, un jour, s'est battu pour Nath, à cause d'une insulte raciste, que Nath n'avait d'ailleurs même pas comprise.

Paul s'approche, prêt à lui demander enfin pourquoi il n'est pas venu la veille, mais c'est en fait Estella, sortie de nulle part, qui l'interroge la première.

– Tu as été malade, ou quoi ?

– Pas moi, lance Nath, l'air mystérieux.

Enzo, à son tour, se joint au petit groupe. Ils sont trois, à présent, pendus à ses lèvres. Mais Nath a honte, soudain, de susciter ainsi la curiosité alors que Mia…

– Ma mère est à l'hosto, dans le coma, lâche-t-il.

Nath croit sourire crânement, mais sa voix a tremblé. Il serre les lèvres en espérant que personne ne l'aura remarqué. L'expression figée de ses trois camarades lui fait comprendre que son propre visage, à livre ouvert, trahit son émotion.

Estella lui pose la main sur l'épaule. Avec son sourire métallique et ses couettes de pimbêche, elle a instantanément saisi que le temps des petites taquineries est révolu.

– Tu veux que j'en parle à ma mère ?

C'est vrai que la mère d'Estella est médecin, et qu'elle fait des gardes.

Tout le ressentiment de Nath s'évanouit. Il était là,

ancré, arrimé au fond de son cœur, et l'instant suivant, il n'y est plus.

– J'y vais ce soir. Je te dirai demain, répond-t-il sans ajouter – parce que, tout de même, c'est encore un peu tôt – le « merci » qu'il a au bord des lèvres. Mais l'expression d'Estella atteste qu'elle l'a tout de même entendu. Les filles, c'est comme ça.

Une seconde plus tard, il se ravise.

– Estella ?

– Oui, Nath.

– Est-ce que tu pourrais quand même lui demander, à ta mère, ce que c'est que le PTP-1B ?

– Le quoi ?

– PTP-1B, ça a l'air important pour Mia.

– D'accord, je vais noter ça, et je lui pose la question ce soir.

– Oui, je crois que c'est important murmure Nath, reconstituant par la pensée la ligne noire en gras, dans le bas du tableau de monitorage, et revoyant, le temps d'un éclair, Mme Gordain, de l'ongle, faire tinter la bouteille renversée de la perfusion.

Le cours d'anglais se passe plutôt bien, comme toujours.

Enzo est interrogé sur la famille royale. À la question « Quel est le second prénom de la Princesse Zara

Phillips qui vient de fêter ses cinquante-six ans ? », il apporte pour toute réponse un lent mouvement de balancier, de droite à gauche d'abord, d'un pied sur l'autre, puis d'avant en arrière, en rougissant des oreilles.

Nath n'éprouve aucun plaisir à voir ce lèche-bottes ainsi pris au piège. Il y a deux jours à peine, il était lui-même cloué sur cette triste scène qu'on appelle une estrade. Prêt à aider à présent, il cherche, mais en vain, à rassembler ses souvenirs.

Les filles semblent plus à l'aise. Plusieurs se trémoussent sur place, signifiant clairement qu'elles connaissent la réponse, voire qu'elle est évidente. Estella, décidément dans un jour avec, ouvre grand la bouche, pour mimer un majestueux A, comme Anne, naturellement, mais Enzo reste confondu.

À l'interclasse, Estella propose à Nath de partager son goûter biomarin. Il n'a pas faim, pas du tout, les tartines de Bouba ne sont pas passées encore, mais, instinctivement, il sent que cette proposition est comme une invitation à fumer le calumet de la paix. Alors, toussotant un peu, il accepte.

Tout en mastiquant l'objet du pacte, il observe discrètement Estella : ses joues ne sont finalement pas si grosses que ça. Comme à l'accoutumée, c'est à contrecœur que Nath pénètre dans la salle du cours de maths. Les élèves à peine installés, M. Bougagnon entre sans frapper. Il est corpulent, épais surtout des épaules, et il fait crisser ses chaussures en marchant.

– Restez assis ! lance-t-il à l'assemblée, avant même qu'un quelconque mouvement ascendant ne soit perceptible.

Mme Maillert, elle aussi, reste vissée sur sa chaise, ce qui semble agacer copieusement son visiteur, contraint de se pencher au-dessus du bureau pour lui parler à l'oreille. Ce faisant, il jette des regards compatissants vers Nath, bientôt repris en écho par le professeur, parfaitement mal à l'aise dans ce type d'exercice.

Nath se dit que Sylvie a dû en rajouter un peu : après tout, Mia va mieux, beaucoup mieux sans doute, elle va se réveiller tout à l'heure, il le sait, au fond de lui, il en est sûr… Mais bon, un peu de considération n'est pas à dédaigner, alors, sans vergogne, il prend un air perdu et inquiet.

La deuxième heure est consacrée à une activité collective autour d'un problème. Vues les marques de soutien, sinon d'estime, qu'il a reçues de Mme Maillert pendant la première, il sait qu'il ne sera pas interrogé.

– Il s'agit, énonce-t-elle avec un soupir qui signifie « je vous explique parce qu'il faut bien jouer le jeu, mais je n'en pense pas moins », il s'agit d'une *expérience* mathématique. Histoire, ajoute-t-elle avec une expression de victime innocente, de balayer définitivement les idées reçues sur l'inutilité des constructions abstraites : elles font non seulement l'attrait, mais l'essence même de la « reine des sciences ».

Nath se cale sur sa chaise. Un instant, il clôt les paupières. Serge est à ses côtés. Et Pedro, aussi, qui s'épongeait le front en soufflant, et parfois suspendait la conversation sans raison apparente, juste pour regarder pensivement par la fenêtre. Au loin.

– C'est très simple, en apparence, susurre la prof, jubilant par avance à l'idée de pointer du doigt les pièges et autres chausse-trapes qui ne manqueront pas de tromper les têtes blondes. On dispose d'une carafe cylindrique à base circulaire de rayon 30 *mm*. Au fond de cette carafe, est placée une bille d'acier de rayon 20 *mm*. Et l'on recouvre cette bille d'eau, jusqu'à l'affleurement. Vous me suivez ?

Clara lève la main. D'origine cambodgienne, elle est toute petite, avec ses deux ans d'avance. Elle intervient rarement en classe, mais c'est en maths qu'elle est la plus à l'aise.

– « Affleurement », Madame, ça veut dire que l'eau ne dépasse pas, mais la bille non plus ?

Rires à peine étouffés, de source indéterminée.

– Oui, Clara, on peut le dire comme ça… On recouvre la bille, mais tout juste… Maintenant, voici l'expérience : on sort la bille de l'eau et on la remplace par une autre, toujours en acier, mais de rayon différent. Que se passe-t-il ?

Cette fois, c'est le silence total. Presque comme si M. Bougagnon était revenu. L'enseignante comprend qu'elle n'est pas comprise.

– Je veux dire : pouvez-vous prévoir si la nouvelle bille sera recouverte entièrement ou, au contraire, dépassera de l'eau, ou bien s'il peut y avoir de nouveau affleurement ?

Pour Nath, c'est clair, trop clair, même : si le rayon est plus petit, la seconde bille sera recouverte, s'il est plus grand, elle émergera.

– Attention, je ne veux voir ni ordis, ni biordis, stipule Mme Maillert. C'est une expérience de… pensée. Je veux du raisonnement pur… Mais, bon, on pourra afficher des courbes sur l'écran principal s'il le faut, je dis bien : s'il le faut…

Enzo se tortille à nouveau sur sa chaise. Il a visiblement une revanche à prendre sur la famille royale britannique.

– Oui, Enzo. Tu as trouvé ?

Il y a une telle confiance dans cette question, que c'est à peine une question. Nath ferme à nouveau les yeux, tentant de s'imaginer la bille enfler ou rapetisser dans la carafe. Une chose est sûre : si elle grossit, elle prendra plus de place, donc le niveau d'eau montera… De là à penser qu'elle pourra une seconde fois être recouverte… Pourquoi pas ?

Enzo s'élance :

– Eh bien, c'est très simple en fait. Si le rayon est plus petit que le précédent, la bille sera sous l'eau, sinon, elle ne sera plus entièrement recouverte et elle dépassera.

Nath est étonné d'entendre ainsi, des lèvres suffisantes du flagorneur en herbe, énoncer cette « solution » qu'il est précisément en train d'écarter.

D'ailleurs la prof confirme.

– Réfléchis bien, Enzo, réfléchis bien… Tu es capable, toi, tu peux y arriver.

L'occasion est belle. Et si jamais ?… Nath a du courage, aujourd'hui, peut-être justement à cause de Mia.

Il saisit son stylo. Serge est toujours là, assis, souriant, à ses côtés, mais, plus près encore, Ethan les a rejoint : « *Pense par toi-même, toujours, toujours…* » murmure-t-il, tout en froissant négligemment, de la main, un sombre hologramme de la Table de Zardalou.

Sans bien savoir pourquoi, Nath voudrait bien calculer le volume d'eau dans la carafe. C'est celui qui correspond à une hauteur d'eau égale au diamètre de la bille, mais il faut retrancher le volume de la bille. Il tend le bras et donne une petite tape sur l'épaule d'Estella, qui se retourne – il y a bien quelque chose de changé.

– C'est quoi, déjà, le volume de la sphère ? demande-t-il.

– Quatre-tiers-de-π-*R*-trois, répond-t-elle du tac au tac, mais sans mépris non plus.

Nath fait le calcul. Il écrit :

$$V = \pi \times (30)^2 \times 20 - \frac{4}{3}\pi \times (20)^3.$$

Puis, après un instant d'hésitation, il se ravise, raye la formule et recommence :

$$V = \pi \times (30)^2 \times 40 - \frac{4}{3}\pi \times (20)^3.$$

C'est vrai que la hauteur d'une sphère, c'est son diamètre, pas son rayon… Bon, voilà donc le volume d'eau. Et ensuite ? Il tend de nouveau la main vers Estella, mais cette fois, sa feuille est au bout.

– C'est ça le volume d'eau ?

Estella se saisit de la feuille, et la pose sur sa table.

– Je ne sais pas, souffle-t-elle, attends, je demande à Paul.

Effectivement, Paul est assis trop loin pour que Nath puisse lui parler directement. Le calcul de Nath circule jusqu'à lui, de mains en mains, petit navire aplati.

Lorsque la feuille lui parvient, Paul considère à son

tour la formule, relève la tête, lance un signe interrogateur à Nath, fait mine de se gratter la tête avec une grimace simiesque, scrute à nouveau la feuille et, enfin, sourit. Il griffonne rapidement quelques mots et rend le papier à Estella en indiquant par l'index qu'il est à destination de Nath.

Retour à l'expéditeur. Un instant plus tard, Nath déchiffre la réponse, en pattes de mouche : *Tu as raison. En fait, pour recouvrir tout juste une bille de rayon r le volume d'eau est :*

$$V = \pi \times (30)^2 \times 2r - \frac{4}{3}\pi r^3.$$

C'est la même idée que celle de Nath, mais Nath est certain qu'il n'y aurait jamais pensé. Enfin, presque certain…

Ethan lui sourit derrière sa moustache et lui indique sa casquette. Peut-être, finalement, qu'avec un peu de temps supplémentaire, il y aurait pensé ?

Paul et Nath lèvent la main presque en même temps. Mme Maillert est tellement étonnée de voir ce pauvre Nath se manifester qu'elle lui donne la parole sans tergiverser.

– Oui, Nath ?

– Est-ce qu'on peut afficher une fonction sur le grand écran, Madame ?

Moue bienveillante, quoique dubitative.

– Mais c’est fait pour ça. Quelle fonction veux-tu afficher ? Vas-y si tu veux.

Nath se retrouve donc sur l’estrade fatidique, mais cette fois il ne s’en rend même pas compte. Il inscrit la fonction de Paul. Une courbe en ligne d’horizon légèrement bombé apparaît. Mme Maillert le dévisage avec incrédulité.

– Oui, oui, Nath… Et on en fait quoi ?

– On affiche la valeur pour $r = 20$, Madame, intercepte Paul.

Le professeur obéit, la tête un peu penchée. Alors que le logiciel opère un vertigineux zoom avant, une droite horizontale rouge s’élance, qui recoupe la courbe un peu plus loin. Et, sur-le-champ, s’affiche la valeur de la seconde intersection : $r = 22{,}4$.

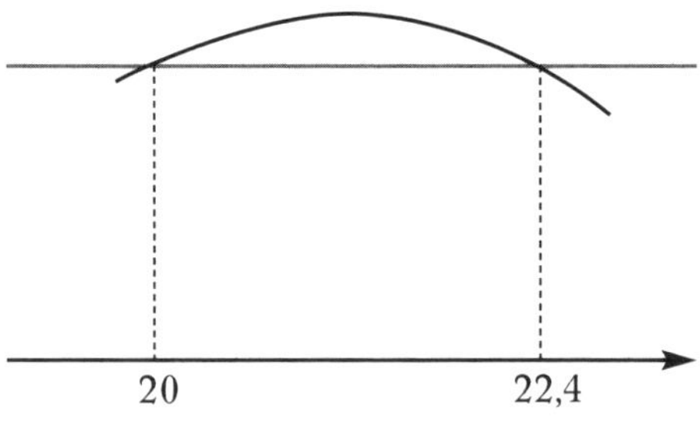

Voilà, commente Mme Maillert. Contrairement à la première idée d’Enzo – mais ce n’était qu’une première idée, n’est-ce pas Enzo ? – il y a bien un second équilibre. Si la nouvelle bille a exactement 22,4 millimètres de rayon, l'eau affleure à nouveau… Bravo à Paul et à Nath… et un peu aussi à Estella, je crois…

Mais la cloche a déjà sonné. L'attention générale est exclusivement dirigée vers l'extérieur.

En sortant du collège, quelques heures plus tard, Nath éprouve un sentiment bizarre, comme le jour où David lui a appris à faire du vélo. Il ne voulait pas qu'on le lâche et en même temps…

Si je pouvais passer les tests en équipe avec Paul, songe-t-il.

Bouba l'attend devant la boulangerie. Ils seront à l'hôpital en quelques minutes.

La carafe et la bille sont loin de ses pensées, à présent, mais si Mia est bien réveillée, il lui racontera. Elle aura peut-être alors cette attitude qu'elle a parfois, quand elle recule d'un pas pour le considérer tout entier, avec l'air de dire : « C'est moi qui l'ai fait, ce petit prodige, incroyable, non ? »

La mémoire de l'eau

Ce fut comme un éclair. Nath est entré dans la chambre blanche et carrée avec un miroir sur le côté. Leurs regards se sont croisés, Mia et Nath, Nath et Mia. Il lui a même semblé que sa bouche s'arrondissait, comme pour dire son nom, qui n'a qu'une syllabe, pourtant le temps a été trop court.

Elle était pâle, si pâle que ses traits s'effaçaient.

Et sa tête est retombée.

Mia est, à présent, de nouveau inconsciente. Elle respire fort. Trop fort pour un sommeil normal.

Serge est à ses côtés. Il a passé là presque toute la journée. Lorsque Bouba et Nath sont arrivés, il lui tenait la main et lui parlait doucement, comme murmure un ruisseau.

Serge se lève pour laisser Nath approcher du lit. Il croise le regard de Sylvie, qui l'interroge des yeux. Et, des yeux, du front, du menton, Serge répond qu'il est inquiet, très inquiet.

– D'après Bex, marmonne-t-il, les vingt-quatre prochaines heures sont cruciales. Il faudrait qu'elle se réveille. Il y a eu trois retours de flamme, comme ça, dans la journée… Mais selon lui, si elle ne reprend pas conscience rapidement…

Sa main disparaît un instant dans ses cheveux blancs.

– Allez, ma puce, ajoute-t-il doucement à l'intention de Mia, allez, tu peux le faire… On est tous là, tu sais.

Son sourire s'inverse soudain, et les sillons qu'il a au coin des lèvres perdent leur habituel parfum d'ironie. Il avale sa salive. On dirait qu'il veut dire quelque chose encore mais qu'il y pense tellement fort que les mots se perdent en chemin.

Le silence qui suit a une odeur d'hôpital.

Bruits de pas dans le couloir. Entre Mme Gordain, une seringue en main.

– Je vais vous demander de sortir, lance-t-elle mécaniquement.

Sylvie se lève en soupirant. Serge, qui jamais ne renonce, profite de l'occasion pour tenter d'amadouer le cerbère tout de blanc vêtu.

– Bien sûr, bien sûr… Dites, j'ai l'impression qu'elle a un peu de fièvre… Est-ce qu'il est prévu… ?

– Tout est prévu, Monsieur, répond sèchement l'infirmière sans regarder son interlocuteur. Tout est prévu, c'est notre travail, ne vous inquiétez de rien.

– Eh bien, c'est-à-dire, si, justement, voyez-vous, on s'inquiète… Elle avait combien, en fait, la dernière fois qu'on la lui a prise ?

Mme Gordain arrête là son geste. Elle dépose la seringue dans le haricot de biocarton sur la tablette, relève la tête, et fait un pas vers le vieil homme.

Elle dégage une telle impression de puissance, face à lui, si frêle soudain, flottant comme un ado dans son pull col V marine.

– Nous avons un protocole, voyez-vous, Monsieur. Tout est géré par informatique. Il est essentiel pour le service, et je crois que le Dr Bex vous en a déjà averti, il est essentiel que les familles ne se mêlent pas de ça. Tout est programmé… Suis-je assez claire ?

Au cours de la tirade, débitée comme un extrait de manuel militaire, les pommettes de Serge sont graduellement passées du rose diaphane à l'ivoire trouble.

Mais, parallèlement, il s'est redressé. Il a maintenant un air bravache sur le visage, tel un gamin ramassant un pavé.

– Vous êtes très claire, Madame, pas de doute là-dessus. Je ne pensais pas qu'il s'agissait d'une info classée confidentiel-défense… Et puis, vous savez, j'appartiens à une génération qui préfère *âme* à *programme*... Je vous prie de nous excuser.

Nath photographie cette scène dans sa mémoire. Il se promet de ne pas l'oublier, il se promet même de s'en souvenir, de rappeler ces images et ces mots dans les moments importants à venir, et de tout raconter aussi, avec ses impressions, à David, et bien sûr à Mia quand elle sera réveillée.

Parce qu'à cet instant, pour Nath, auquel plus personne ne semble faire attention dans l'atmosphère électrique de cette chambre carrée, Serge, si frêle, si démuni, si vieux, si faible face à la femme en place et au règlement tout-puissant, Serge est beau.

Mme Gordain fixe un instant Serge du regard, puis lui tourne le dos. Après une vague hésitation pleine de sourde menace, elle renonce, quitte la pièce, et l'on respire.

Même le souffle régulier de Mia semble plus serein.

Nath passe derrière le bloc de monitorage et note les différents niveaux. Le PTP-1B a plus que doublé depuis la veille. Il saisit son visiobile et appelle Estella.

Le visage poupin apparaît illico sur l'écran souple. Les reflets métalliques de son sourire trouvent un étonnant écho dans la lumière accrochée à ses pupilles.

– J'ai parlé à maman, annonce-t-elle sans transition.

Elle dit que tu peux passer, si tu veux, qu'elle t'expliquera tout ce que tu voudras.

– Elle a failli se réveiller, et puis, maintenant, elle dort à nouveau, dit Nath. Ce soir, c'est possible ?

– Attends, je demande.

Les images défilent à toute vitesse sur le visiobile alors qu'Estella passe d'une pièce à l'autre en courant. Elle met un instant la communication en attente, puis la reprend.

– Tu peux passer ce soir, et…

– Oui ?

– Maman dit que si tu veux dîner à la maison, y'a pas de problème, on n'est que toutes les deux.

– Je peux venir avec un ami ? demande Nath sans réfléchir.

– Bien sûr ! répond Estella sans réfléchir.

Ayant à peine raccroché, Nath sourit à Serge :

– Ça te dit de dîner ce soir avec moi chez une copine ?

Bouba se redresse sur son siège et fronce les sourcils. Nath prend les devants.

– Sa mère est médecin, elle fait des gardes. Serge me raccompagnera. On ne rentrera pas tard…

Sylvie secoue la tête, comme pour dire non.

– Oui, d'accord, Nath, d'accord, si tu es sûr que vous ne dérangerez pas.

– Merci de m'avoir demandé mon avis! proteste doucement Serge. Heureusement que je suis là!

Sur ces entrefaites, il contourne le lit et se penche au-dessus de Mia.

– On s'occupe de toi, ma puce, on s'occupe de toi… Ne t'en fais pas, demain est un autre jour…

Sa voix est caressante comme la lumière du matin.

Sylvie se relève.

– Bon, on va y aller, on reviendra demain, justement, puisque c'est un autre jour… J'aurais bien aimé voir ce Dex, tout de même…

– Bex, Bouba, c'est Bex, rectifie Nath en gloussant sous cape.

– Comme tu veux, tranche Sylvie, mais tout de même, Dex ou Bex, il aurait pu nous en dire plus… Tu demanderas à la mère de ta copine de m'appeler?

Nath opine du chef, puis se retourne vers Serge.

– On y va?

– C'est comme si on y était!

En traversant le couloir, ils croisent à nouveau Mme Gordain, tirée à quatre épingles. Son regard fixe et glacé met Serge tellement mal à l'aise qu'il finit par lui souhaiter bonne nuit. Il ne reçoit pour toute réponse que la résonance des bottines impeccablement cirées sur le sol vitrifié.

Dehors, Sylvie hèle un autotax, alors que Serge et Nath se dirigent vers l'arrêt d'aérobus.

Quelques minutes plus tard, ils sonnent chez Estella.

– Étage 53, deuxième à gauche, annonce-t-elle au visiojudas.

La famille habite un vaste appartement à ce point garni de plantes tropicales qu'on se croirait dans une serre.

Le père est en voyage d'affaires, ce qui est normal pour un homme « dans les affaires ». Un hologramme, datant sans doute de quelques années, émerge entre deux feuillages dans un coin du salon. Le maître de maison tient sa fille par l'épaule et sa femme par la main. Cheveux blonds et raides, peau parfaite, cuivrée, carrure athlétique. Son sourire éclatant ne laisse pas plus de place au doute ou à l'angoisse que sa coupe en brosse n'en laisse aux méandres du hasard. Il ne pourrait même pas être un copain de squash ou de randonnée pour David, pense Nath.

Marthe, la mère d'Estella, est un petit bout de femme énergique, mince, avec un grand nez aquilin et des iris d'un bleu incroyablement clair. De ce bleu qui confère un air de bon sens naturel à tout ce qu'elle dit et, au moindre froncement de sourcils, suscite le trouble chez ses interlocuteurs.

Elle indique un siège bas à Serge, qui s'installe tant

bien que mal parmi les cordylines, ou épinards hawaïens, et les gloriosas, ou lis de Malabar. Après quelques mouvements inutiles et quelques regards inquiets vers cette végétation hostile, forcément hostile, il éternue.

– Vous préférez peut-être une chaise haute, propose Marthe de son regard lavande.

– Volontiers, Madame, capitule Serge, se relevant en grimaçant, une main sur les reins.

Estella et Nath s'assoient par terre. Côte à côte.

Serge fait un exposé synthétique de la situation. Tout en restant polie et souriante, Marthe paraît d'abord ne pas vraiment prêter attention aux détails, comme si tout cela était pour elle d'une absolue banalité. Son attention se raffermit, cependant, lorsque Serge évoque les semi-réveils de la journée et le retour à l'état comateux.

– Il faudrait avoir les taux…

– De PTP-1B, Madame? propose Nath, plutôt fébrile.

– Exactement, poursuit-elle, avant de s'interrompre pour considérer Nath avec un sourire incrédule. Mais d'où connais-tu ça, toi? demande-t-elle tout étonnée.

– C'est sur l'écran de contrôle à l'hôpital… Mais, justement, je ne sais pas ce que c'est, c'est pour ça que j'ai demandé à Estella de vous poser la question…

Estella rougit. Une fraction de seconde, ses couettes grelottent.

– J'ai le papier dans mon sac, j'allais le faire, marmonne-t-elle dans un souffle.

– Il n'y a pas de temps perdu, l'excuse Marthe d'un ton bleu irrécusable, mais il n'y a probablement pas de temps à perdre non plus.

Quelque chose se noue, comme un poing qui se serre, dans la poitrine de Nath.

– Bon, Docteur, dites-nous ce que c'est, à la fin, que ce PTP-1B !

Serge est intervenu presque brusquement. Il rectifie l'effet produit par un sourire ouvert.

– C'est une hormone, la protéine tyrosine phosphatase 1B, pour être précise. Elle est connue depuis longtemps pour son action régulatrice sur l'insuline, vous savez, cette substance qui permet d'assimiler le sucre.

– L'insuline, c'est aussi une hormone, maman ? demande Estella, visiblement soucieuse de ne pas perdre sa place dans la conversation.

– Oui, ma fille, c'est aussi une hormone, mais la question n'est pas là…

– Ah, ah… alors, nous allons enfin y arriver, grogne Serge.

– Oui, mais… Enfin, vous allez voir… Voilà : depuis la rupture de la couche d'ozone en 2023, des comas subits inexpliqués sont apparus sur toute la planète, et particulièrement dans nos zones tempérées. Ils ressemblent à des comas diabétiques, ceux qui sont provoqués par un excès ou un manque de sucre dans l'organisme, mais les chercheurs ont fini par découvrir qu'ils ont une origine différente…

– Et Mia, souffle Nath d'une voix chevrotante, c'est ça qu'elle a ?

– Oui, Nath, probablement…

– On peut faire quelque chose ? questionne Serge, impatient.

– J'y viens, Monsieur, mais laissez-moi le temps, c'est compliqué… Il y a une dizaine d'années – mais vous savez une dizaine d'années pour la recherche médicale c'est très peu – il y a une dizaine d'années donc, on a compris que ces comas sont liés au taux de l'hormone PTP-1B dans le sang.

– C'est ce que nous a expliqué de Dr Bex, dit Nath, qu'il faut rééquilibrer toutes les substances…

– Exact, mais il y a un problème… C'est que l'organisme réagit à tout ce que l'on lui administre. Si l'on en donne trop, il travaille en élimination, si l'on n'en donne pas assez, il laisse les portes ouvertes, on appelle ça…

– Le rétrocontrôle, complète Serge, suspendu aux lèvres de Marthe.

– Oui, le rétrocontrôle négatif, en fait, parce que, dans le cas qui nous occupe, le corps réagit toujours en sens inverse de ce qu'on lui injecte.

– Et le problème est ? demande Serge.

– Que l'on ne sait pas bien, enfin, je devrais presque dire pas du tout, piloter les effets du rétrocontrôle... Du coup, il y a des dérapages, des sorties de route, qui peuvent se révéler...

Marthe ne termine pas sa phrase. Elle baisse les yeux. Le bleu limpide de son regard n'a pas disparu, c'est comme s'il n'avait jamais existé.

Le silence pèse quelques instants comme un crépuscule.

– Mais, tout de même, il doit bien y avoir un moyen ! s'insurge Serge.

Serge est révolté par nature, comme certains sont, par nature, maigres ou sensibles aux coups de soleil.

– En tout cas, il y a un espoir, dit Marthe... Avez-vous entendu parler des centres Benvenida ?

Tous secouent la tête négativement, trop impatients d'en savoir plus pour interrompre la voix au regard d'azur.

– Jacques Benvenida était un chercheur, un immunologiste de renommée internationale.

– Immunologiste ? interroge Estella, qui ne veut rien perdre des explications maternelles.

– Quelqu'un qui étudie, justement, les réactions du corps humain aux agressions extérieures, comme les microbes, mais aussi aux substances qui déclenchent des allergies.

– Il est mort ? demande Estella.

– Oui, depuis longtemps, au tout début du siècle, je crois. Il a surtout travaillé dans les années quatre-vingts, quatre-vingt-dix. Or, en observant la réaction du sang humain au venin d'abeille, Benvenida a fait une découverte extraordinaire…

Marthe se sert un verre d'eau et, d'un mouvement de la main, en propose un à Serge, qui, d'un geste également, refuse. Il a abandonné sa chaise haute pour s'asseoir par terre, en tailleur, comme un enfant de colonie de vacances. S'étant désaltérée d'une longue rasade, Marthe reprend.

– Après chaque injection de venin, le sang déclenche une réaction, que l'on peut mesurer avec un colorant.

– On se défend comme on peut, interjette Serge.

– Comme vous dites. Bon. La réaction varie avec la quantité de venin injectée. Lorsqu'on diminue cette quantité, la coloration commence par décroître…

– Tout à fait normal jusque-là…, note Serge.

– Oui, mais ce que Benvenida a établi, c'est qu'après un certain seuil, la réponse ne faiblit pas. Elle persiste, elle demeure mesurable, constante, même pour des concentrations de venin tellement faibles qu'on peut affirmer avec une certitude quasi absolue qu'aucune trace de produit n'est plus présente dans le sang.

– Une réaction sans rien pour la provoquer ? Mais c'est impossible ! s'exclame Serge, presque indigné.

– C'est effectivement ce que l'on a pensé d'abord, mais les expériences ont été reproduites, et il a bien fallu se rendre à l'évidence... Le sang continue à réagir avec juste le *souvenir* du venin...

– Alors Benvenida méritait le prix Nobel !

Serge a rapidement tourné casaque. C'est la preuve qu'il a une grande confiance en Marthe, bien qu'il la connaisse à peine. Serge fonctionne comme ça, à l'intuition, au feeling. Il n'en a pas retiré que des bénéfices dans sa vie, mais il n'a pas changé pour autant.

Marthe reprend :

– Peut-être, oui, certainement méritait-il une large reconnaissance et la gratitude de tous pour une telle découverte, mais il en a été tout autrement. Tout le monde s'est ligué contre lui, des politiques aux administratifs en passant par la quasi-totalité des chercheurs. Il a été raillé par ses collègues, mis au ban de la communauté scientifique, jeté à la porte de son propre laboratoire... Il lui a fallu s'installer dans la cour... Dans un baraquement de fortune... Vous imaginez ?

– Il commence vraiment à me plaire ce type ! lance Serge avec un soupçon de défi dans la voix.

– Il est finalement mort quelques années plus tard, sans avoir pu faire reconnaître ses découvertes paradoxales. Ce n'est qu'au milieu des années 2020, après cette épidémie de comas, que des chercheurs australiens ont repris ses travaux, et que les spécialistes ont fini par admettre qu'il y avait là quelque chose…

– Et on a une explication satisfaisante ? interroge Serge.

– Oui et non… On appelle ça *la mémoire de l'eau*. Les hypothèses les plus prometteuses suggèrent qu'il n'y a pas une eau, mais *des* eaux… Vous savez, ce qui rend l'eau liquide à température normale est en réalité un phénomène très complexe. De là à penser qu'il y a en fait pour l'eau plusieurs manières d'être liquide…

– L'eau d'un verre serait donc différente de celle de la bouteille questionne Nath.

– Quelques instants après avoir été versée, oui, pourquoi pas… L'eau toute simple, qui nous est si nécessaire et si naturelle, pourrait renfermer un des plus grands secrets de la nature… Pour les chercheurs d'aujourd'hui, elle met en jeu des forces cachées, et ce sont précisément ces forces qui lui donnent sa structure liquide… Du coup, chaque modification de ces forces produit une eau différente !

Nath n'y tient plus.

– Et pour Mia ?

– J'y viens. Il semblerait que, dans le cas du sang, qui est principalement constitué d'eau, ces forces, ces énergies, ont une influence essentielle sur le rétrocontrôle. Il y a plusieurs centres Benvenida qui ont fait des tests et des étalonnages. Ils ont obtenu des résultats encourageants…

Serge se relève et se met à marcher de long en large dans la pièce. Après quelques minutes au cours desquelles personne n'a osé rompre le silence ponctué de ses seuls pas, Serge s'adresse à Marthe avec cette fixité du regard caractérisant ses moments de concentration les plus intenses.

– Au fond, ce que vous nous dites-là, Marthe, c'est donc qu'avec les mesures effectuées par les centres Benvenida, il serait possible de réguler son rétrocontrôle du PTP-1B, et de la sortir définitivement du coma ?

– Exact, oui, Serge… Sous réserve de bien faire les calculs… Mais, effectivement, en principe c'est ça.

Dans la poitrine de Nath, le poing serré s'entr'ouvre. C'est le moment que choisit Ethan pour apparaître et lui faire un clin d'œil.

– Il y a quand même un petit problème, ajoute Marthe d'un bleu soudain brouillé.

– Oui ? réplique promptement Serge.

– Il faut faire une mesure préalable sur son sang.

– C'est compliqué ?

– Non, juste une petite piqûre, un micro-prélèvement, mais, vous savez comment sont les services hospitaliers... Il est exclu que je puisse y aller moi-même...

– Où peut-on se procurer le matériel ?

– Dans n'importe quel centre Benvenida. Il y en a un à trois stations d'aérobus, place Schumann.

– Dans ce cas, tranche Serge, la question est réglée. Ils peuvent aussi fournir les méthodes de calcul ?

– Oui, ils ont édité un fascicule l'année dernière. Normalement, c'est réservé aux chercheurs, mais vous n'avez qu'à dire que c'est pour moi. Vous envisagez de faire faire le prélèvement par qui ?

– Mais, ma chère Marthe, je vais m'en charger personnellement ! réplique Serge avec un grand sourire.

La boîte bleue

Le centre Benvenida de la place Schumann est ouvert jusqu'à 22 heures, tous les jours sauf le samedi et le dimanche. Heureusement, c'est aujourd'hui vendredi. Serge pousse résolument la porte en bioverre à peine fumé. Il entre là naturellement, comme s'il appartenait à l'équipe qu'il ne connaît pas mais qu'il devine, comme si le monde de ceux qui explorent les limites du monde était le sien, depuis toujours.

Nath l'accompagne. Il a tenu à venir, alors même que Serge aurait pu aller seul demander le kit de prélèvement et le fascicule d'accompagnement. S'il y a un espoir de ramener Mia parmi les vivants, de réveiller sa Mia au bois dormant retenue dans sa prison de verre blanche et carrée, Nath veut être là pour le saisir. Une affiche placardée sur le mur de côté rappelle que tous les personnels du centre sont bénévoles, et que la

Fondation Benvenida pour la Recherche est sans but lucratif. L'esprit de Jacques est toujours là.

C'est un Noir à lunettes, vêtu d'une blouse vert tendre, qui ouvre le sas et, après les avoir probablement observés sur le moniteur de contrôle, les reçoit au comptoir de l'accueil. Entre deux âges, maigre, le front haut, le visage ouvert, il a l'œil vif et les gestes lents. Il sourit courtoisement à Serge, qui expose le motif de la visite et la nature de la requête.

– Nous recevons de plus en plus de visiteurs, savez-vous… et nous nous faisons un point d'honneur de tous les satisfaire, c'est-à-dire de leur faire partager nos connaissances !

– C'est tout à votre honneur, répond Serge sur le même ton cordial. La connaissance est si souvent utilisée comme instrument de pouvoir…

Nouveau sourire en retour, au-dessus des verres de lunettes cette fois.

Un instant plus tard, il leur tend une petite boîte bleue en plastique rigide et un livret d'une centaine de pages. Et c'est à Nath qu'il s'adresse.

– Tiens, mon grand, c'est toi qui vas faire la mesure ?

Nath le voudrait bien. Il y a même une petite voix qui lui susurre qu'en l'absence de David et Simon, c'est à lui de la faire. Mais Serge, sans être de la famille, a aussi sa place dans la famille… De toute façon, le choix ne lui est apparemment pas donné.

– Non, non, pas le temps malheureusement, c'est moi qui vais m'en occuper, glisse Serge, mais, pour le moment, vous pouvez les lui confier, effectivement…

L'homme en vert s'exécute, puis relève la tête et pose les mains à plat sur le comptoir.

– Vous allez voir, tout est expliqué, c'est très simple. À l'intérieur de la boîte, vous trouverez un petit appareil en forme de tube. Il suffit de le déposer au bout d'un doigt, de préférence l'index ou le majeur, d'appuyer sur le bouton orange, et d'attendre une quinzaine de secondes. Ensuite, vous pouvez rentrer chez vous et vous connecter, une heure plus tard, à notre centre de ressources, avec votre mot de passe. Vous aurez en ligne toutes les données…

– C'est-à-dire ? interroge Serge en se passant les doigts dans les cheveux.

– Vous aurez les caractéristiques sanguines de la personne testée… Son niveau d'énergie, si vous préférez.

– Et avec ça, on pourra adapter les doses de PTP-1B ? lance Nath, avec une impatience contenue mais perceptible.

– Oui, mais attention, comme, d'après ce que j'ai compris, la personne est hospitalisée, c'est au personnel soignant d'autoriser l'examen et d'effectuer les modifications.

Le spectre de Mme Gordain, avec son mauvais sourire et ses bottines semi-orthopédiques, émerge aussitôt. Nath ne se voit pas vraiment capable de la convaincre. Et le Dr Bex semble parfaitement inaccessible à ce type de démarche…

– Ces modifications, c'est sur le tableau de monitorage qu'on peut les faire ? demande-t-il, l'air aussi innocent que possible.

– Tout à fait, mais il y a des calculs préalables… Vous verrez, tout est expliqué…

Serge, visiblement, est un peu mal à l'aise. Il se tient les reins, grimace, puis s'accoude au comptoir.

– Vous pouvez nous en dire un peu plus sur ces calculs ? souffle-t-il le regard fixé sur son interlocuteur.

– Eh bien, la courbe de rétrocontrôle – vous savez de quoi il s'agit, n'est-ce pas ? – dépend du niveau Benvenida de la masse sanguine. À partir des données qui vous seront fournies, vous pourrez trouver la courbe la plus adaptée et ensuite programmer le débit de la perfusion.

Serge attrape le bras de Nath et le serre fermement. Pendant une fraction de seconde, Nath a le sentiment que Serge s'appuie sur lui, puis, un instant plus tard, que c'est le contraire. L'espace d'un soupir, ils partagent un soupir. Puis Serge s'adresse de nouveau à leur hôte, secouant la tête d'avant en arrière pour signifier que, cette fois, tout est clair.

– On y arrivera… Ça n'a pas l'air bien sorcier…

Fugace expression complice, en écho, du chercheur bénévole. Il tend une bande de papier imprimé sur laquelle est inscrite une suite de caractères sans signification apparente.

– Voici votre identifiant. Je viens de le créer. Vous pouvez saisir immédiatement un mot de passe sur la console à votre droite. Ensuite, vous pourrez utiliser librement toutes les fonctionnalités en ligne.

Serge glisse le papier vers Nath. Il n'a nul besoin de lui signifier par des mots qu'il peut choisir le mot de passe lui-même.

Alors que Nath s'approche de l'appareil, il essuie sur son front une perle de sueur. C'est l'odeur de la peau de Mia qui point à ses narines, mais il n'y prête d'abord aucune attention, tout concentré qu'il est à recopier cet identifiant ne recelant aucune identité.

Ensuite, il compose son mot de passe.

Il n'a pour cela aucune hésitation, car le mot est là, au bout de ses doigts, dans la paume de sa main, et ce mot c'est « matin ».

L'opération effectuée, soudain, des yeux, il cherche Mia, dont il vient de sentir la présence.

Serge et Nath quittent la Fondation pleins d'espoir. Il est déjà tard, la nuit est tombée sur la ville grise. Les rares passants hâtent le pas.

Au carrefour, l'éclairage public imprime même des ombres inquiétantes sur le masque débonnaire du policier robot de service. Nath passe la boîte bleue à Serge.

Un autotax circule au pas un peu plus loin. Serge l'arrête. Nath n'a jamais utilisé, en si peu de temps, autant de moyens de transport coûteux dans sa propre ville. Ça lui donne une vague impression d'être en vacances dans un pays étranger. Lorsque les choses tournent mal, on n'est jamais plus étranger que chez soi.

La maison de Sylvie est en vue. Il est temps de se séparer de Serge, qui poursuit jusqu'à l'hôpital, muni de son cube aux couleurs du ciel. Nath a confiance en lui, mais il le sent fragile, à présent, comme si le poids des années, qu'il a toujours porté, bravache, rebelle, sans jamais l'accepter, s'était finalement installé en vainqueur irrévocable. Il faudrait pouvoir l'accompagner, mais une parole est une parole, et une parole à Sylvie est plus encore.

Sylvie écoute de la musique, calée dans son fauteuil rouge, lorsque Nath entre au salon. Elle a volatilisé presque tous les meubles. On se croirait dans une salle de spectacle désertée par les spectateurs. Seule une petite bille d'acier, au sol, accroche la lumière. En apercevant Nath, d'un geste à peine discernable, Bouba fait immédiatement resurgir le silence.

– Alors, Nath, d'où viens-tu ? J'ai appelé la maman d'Estella, vous êtes partis de là-bas depuis presque une heure…

– On est passé au Centre Benvenida de la place Schumann.

Nath attend l'étonnement, puis la question. Mais c'est sur sa propre face qu'elle se lit lorsque Bouba lui répond.

– Oui, bien sûr, c'est logique. Au stade où nous en sommes, c'était la meilleure chose à faire.

– Mais, Bouba… D'où sais-tu ça ?

Sylvie ouvre la bouche comme pour protester, puis sourit, puis répond doucement :

– Non mais, dis-donc, et pourquoi une grand-mère devrait-elle être tenue dans l'ignorance des derniers progrès de la science ?

– En tout cas, Serge, lui, il ne connaissait pas…

– Veux-tu que je te dise, Nath ?

– Ben, oui…

– Alors viens, installe-toi ici près de moi. Tu veux un lait chaud moyen, avant ?

Nath acquiesce d'un hochement de tête. Il se sent tout

à coup un peu flapi. Sylvie apporte en un tournemain le verre tiède, juste comme il faut, parfumé à la banane.

C'est rassurant et inquiétant à la fois. Le goût de l'enfance est aussi le goût de Mia.

Sylvie se saisit de la bille d'acier posée à côté du fauteuil, et se met à jouer avec, la faisant passer d'une main dans l'autre. Il ne manque plus qu'une carafe et un peu d'eau, se dit Nath, prêt à croire, à cet instant, que sa grand-mère possède des dons extra-lucides.

– Tu ne sais pas ce que c'est, bien sûr, comment pourrais-tu le savoir…

Nath acquiesce d'un battement de paupières.

– Eh bien, c'est une bille toute simple, qui faisait partie d'un roulement à billes… Dans le temps, ça servait à faire tourner rond les roues des bicyclettes.

Nath est plus qu'intrigué. Cette bille n'est pas une bille, c'est une pièce de musée, c'est un pan de passé.

– Cette bille, vois-tu, est tout ce qu'il me reste de mon grand-père, tu sais, Avry, ton arrière-arrière grand père, donc. Je ne l'ai pas connu, il a été tué dans un bombardement, pendant la Seconde Guerre mondiale. Sa bicyclette était son bien le plus précieux, il y tenait plus qu'à la prunelle de ses yeux.

Nath se souvient d'une photo de ce grand-père, avec ses compagnons du maquis, en pantalon large et veste de cuir. Il souriait à pleines dents et levait un doigt vers le ciel, comme s'il s'en remettait à lui ou comme s'il avait su que son destin viendrait d'en haut.

– Oui, reprend Sylvie, cette bicyclette était incroyablement précieuse parce qu'Avry était résistant, il était entré au maquis juste après la naissance de maman…

Nath boit une gorgée de lait. Il n'est pas très sucré, mais ça ira.

Sylvie poursuit :

– Il se trouve qu'Avry était à vélo lorsque l'alerte a été donnée. Il n'a pas pu se résigner à laisser son engin au milieu de la rue, il a juste pris quelques secondes supplémentaires pour mettre le vélo à l'abri… Quelques secondes de trop… Et voilà, conclut-elle avec un petit sourire même pas triste, voilà ce qu'il reste de lui… C'est un de ses camarades qui l'a rapportée à la maison… Une petite bille d'acier… pour que le monde tourne rond… Mais où en étais-je ? se ressaisit-elle soudain en voyant l'expression de Nath.

Effectivement, le lien avec les centres Benvenida n'est pas absolument limpide.

– Ah oui, j'y viens, tout cela pour te dire que, dans la famille, le mot « mémoire » a toujours été, disons, pas vraiment sacré, mais un peu magique, tu vois ?

Nath voit très bien. Il voit David leur proposer de

visiter un musée du côté d'Izieu, un dimanche de vacances, et la discussion un peu âpre qui s'en est suivie avec Mia. Oui, pas de problème, il voit…

– Alors, quand, dans les années quatre-vingt dix, quelques articles de journaux sont sortis, discrètement, sur *la mémoire de l'eau*, je ne les ai pas ratés, forcément, parce que ma mémoire à moi n'était pas soluble dans l'eau… pas soluble du tout, d'ailleurs ! Je *ne pouvais pas* passer à côté…

– Oui, mais, Bouba, tu t'es vite rendue compte qu'il s'agissait de bien autre chose ?

– Bien sûr, mais ensuite cette aventure m'a touchée. Cet homme seul contre tous… Tout bien pesé, ce n'était pas tellement différent ! Enfin, voilà, je me suis prise au jeu et, au fil des années, j'ai continué à suivre cette affaire, même de loin…

Nath est tout songeur. Les choses basculent d'un côté ou de l'autre pour un rien, un mot, un hasard, et tout cela est tellement… inévitable.

Il est prêt à s'endormir, à présent. Il sait que Serge fait ce qu'il faut, et que sa Bouba suit l'affaire avec une bienveillance… historique. Histoire de la famille, histoire d'eau… Ses paupières s'alourdissent…

Le téléphone le sort brutalement de sa torpeur.

Bouba décroche et bascule la communication sur l'écran central, qu'elle fait sortir du néant ambiant.

C'est Serge.

Il est encadré par deux policiers, qui n'ont apparemment rien de robots secourables.

– Bonsoir, dit-il, on m'emmène au poste, pour une garde à vue…

Sylvie reste étonnamment calme.

– Je connais un bon avocat, tu veux que je l'appelle ?

– Peut-être, merci, oui, je te rappellerai pour te dire.

– Qu'est-ce qu'on te reproche de si grave ? demande Sylvie, plus pour les vigiles patibulaires que pour elle-même.

– Eh bien, j'ai juste fait une petite mesure sur le doigt de Mia… Rien de bien méchant… Mais l'infirmière, tu sais, Mme Gordain, est entrée au mauvais moment…

– Et elle a appelé la police pour ça ? s'insurge Sylvie, dont les pommettes s'incendient.

– Oui, c'est strictement interdit, à ce qu'il paraît, ils se protègent… mais bon je vais leur expliquer, ne vous inquiétez pas…

– Je sais bien qu'ils ne vont pas te pendre tout de suite, mais tout de même…

Serge trouve la force de sourire, du sourire de celui qui en a vu d'autres, mais Nath sent bien qu'il est tout sauf serein.

– Bien… Ces messieurs m'attendent… Au fait, Nath ?

– Oui, Serge…

– Il n'y a rien de changé pour la connexion… Sache simplement…

– Oui ?…

– Tu sais le livre de calcul que je t'avais promis pour l'école, je l'ai laissé dans la chambre, avec les magazines…

Nath a déjà la bouche ouverte pour répondre que ni Serge, ni personne ne lui a jamais promis de livre de calcul, quand Sylvie lâche la bille.

Une bille d'acier qui tombe comme ça, brusquement, dans une pièce presque vide, ça fait un bruit incroyable. Et ça donne à Nath juste le temps de se ressaisir.

– Merci, je passerai le chercher demain…

– C'est ça, mon Nath, mais pas trop tard, hein ? Pas trop tard !

Nath est prêt à le rassurer, mais la communication s'interrompt.

Ils restent pensifs, tous les deux, à fixer l'écran bleu, vide et bleu, pendant plusieurs minutes.

La boîte noire

Quand on a dit *A*, il faut dire *B*! s'exclame Sylvie. J'y vais, moi, chercher ce fameux livre de calcul qu'on ne t'a jamais promis ! Et tout de suite, encore !

Nath regarde sa montre. Il est plus de onze heures du soir. Les visites sont interdites à cette heure.

– Mais, Bouba…

– Oui, je sais, les visites sont interdites à cette heure, mais je trouverai bien un moyen. Cette chère Mme Gordain nous doit bien ça ! Et puis, cette femme-là, elle doit bien dormir de temps en temps, non ?

– Bouba, tu ne te fais pas prendre, hein ? Je n'ai aucune intention de rester tout seul, moi…

– T'inquiète pas, mon bonhomme, ta Bouba en a vu d'autres. Il ne m'arrivera rien… Je te rapporte le bouquin d'ici une heure.

– Comme ça, ce sera juste le moment de se connecter, on aura tous les chiffres…

– Enfin, *tu* les auras, dit Bouba, parce que, tu sais, moi, les maths…

Nath se passe la main dans les cheveux. Il comprend seulement à présent que ce sera à lui de faire les calculs, à lui seul. L'homme de permanence au Centre Benvenida avait dit « tout est expliqué », mais, à ce moment-là, Nath pensait encore que Serge serait à ses côtés pour tout ce qui est expliqué… et qu'on ne comprend pas toujours.

Bouba rassemble ses affaires, l'air décidé. C'est elle qui a raison, il n'y a plus à hésiter, il faut agir. Pour Mia, pour David, pour Simon, et pour Avry aussi, qui levait le doigt vers le ciel en souriant.

La porte d'entrée claque. Bouba est partie.

Nath s'installe dans son fauteuil rouge. Il ferme les yeux. Pour y voir plus clair.

Il y a deux problèmes. Le premier, c'est de faire les calculs sans se tromper. Le second c'est de reprogrammer cette fichue console…

Soupir.

Ethan lui souffle dans le cou pour qu'il sente bien sa présence. Puis, il lance en l'air une bille d'acier, qui prend de la vitesse et, méprisant la loi de la pesanteur, poursuit sa trajectoire vers les étoiles, vers Alpha, peut-être. Ethan hausse les épaules, bras écartés, paumes ouvertes vers le ciel et lui sourit sous sa moustache.

Deux problèmes… et peut-être deux solutions, songe Nath, qui commence à échafauder un plan de bataille.

Trois quarts d'heure plus tard, Bouba réapparaît, brandissant le fascicule comme un trophée. Nath ne se souvenait pas qu'il était aussi épais.

Il n'a pas perdu son temps pendant l'absence de Sylvie. Il a contacté Paul par vocatexte. Et Paul a répondu. Il vient, ses parents sont d'accord puisque demain est samedi et qu'il n'y a pas classe, il arrive.

Avec un livre en mains, Paul est imbattable. Ses taches de rousseur se teintent parfois de reflets plus soutenus quand il est plongé dans une réflexion intense… Nath guette le coup de sonnette.

Il est l'heure. Nath s'approche de l'ordinateur tout blanc de Bouba et se connecte au site de la Fondation. Il entre son mot de passe. Demain matin sera peut-être le premier matin de Mia. Une liste de chiffres apparaît.

Nath n'est pas surpris, parce que cette liste ressemble à celle qui figure sur la deuxième page du chapitre *Régulation* du livret. Il reste simplement à comprendre ce qu'il faut en faire.

Et Paul qui n'arrive pas…

Bouba contemple son petit-fils avec une fierté inébranlable.

Les pages suivantes, Nath les connaît presque par cœur, à force de les lire et relire. Elles disent toutes la même chose : plus le taux de PTP-1B est important, plus la réaction est violente. Et apparemment, dans le cas de Mia, violent est le mot parce que son taux d'énergie est très élevé.

Il y a précisément un paragraphe un peu plus loin, pour cette circonstance-là. Le niveau doit revenir à la normale en trois étapes, ce qui signifie qu'il faudra changer trois fois le débit de la perfusion. Les paramètres peuvent être calculés en déterminant la valeur d'une certaine « constante de temps ».

On indique une formule, mais il faut cette constante, qui est le chiffre de Mia.

– Bouba, je veux bien un autre verre de lait, dit Nath.

Il y a un index à la fin du livre. La constante de temps est définie page 32. Il suffit d'écrire deux valeurs du taux à injecter, d'en faire le rapport, et de calculer un logarithme. Le problème, c'est que Nath n'a aucune idée de ce que peut bien être un logarithme. Et ce mot-là n'est pas défini dans l'index.

Paul n'est toujours pas là. Mais, lui non plus, probablement, ne saurait pas…

Ethan s'installe juste derrière Nath et, le tenant par les épaules, lui souffle à l'oreille: « *Pense par toi-même, toujours, toujours...* » Il est bien gentil, l'oncle aux casquettes, mais là, Nath est vraiment coincé.

Vraiment.

Quoique...

Nath lance un moteur de recherche. Si « logarithme » n'est pas défini dans le fascicule, c'est sans doute une notion classique, standard peut-être... Effectivement, le site *Maths pour tous et tous pour maths* donne une définition. Et surtout une calculette virtuelle pour calculer... des logarithmes!

Nath vérifie tout de même qu'il peut retrouver de cette façon les résultats de l'exemple modèle de la page 35. Juste pour être bien sûr. Ethan opine du chef.

Nath recopie soigneusement les chiffres et presse la touche entrée virtuelle... C'est ça! Tout concorde! Il ne lui reste qu'à calculer les trois valeurs de Mia.

En trois clics, les chiffres sont révélés. Il les note sur la feuille jaune que Bouba vient de lui passer.

C'est à cet instant que Paul sonne à l'entrée.

Ethan secoue la tête en souriant.

Paul entre quelques secondes plus tard, orange et caramel. La perspective de passer la nuit chez un copain le remplit visiblement de joie. Peut-être, après tout, n'est-il si bon élève que parce qu'il s'ennuie un peu à la maison ? s'interroge fugacement Nath. Cela dit, avec Bouba, il est poli, simple et sans manières. Visiblement cela plaît à Bouba. Elle lui propose une tartine de beurre et fromage.

Une main sous le menton, pour recueillir les miettes, et l'autre serrant le pain frais, Paul s'installe auprès de Nath, qui lui explique son cheminement et lui montre les résultats auxquels il est parvenu.

Nath est impatient :

– Alors, c'est bon ?

Les taches de rousseur de Paul s'assombrissent.

– Attends un peu… Je n'y comprends rien, moi, à cette histoire !

– Il faut calculer la constante de temps, comme dans l'exemple.

– Oh, oh, mais je ne sais pas ce que c'est, moi, *log*, c'est un logarithme ? On n'a jamais appris ça, nous…

– Je sais bien dit Nath, mais regarde sur le site, ils ont mis une calculette virtuelle qui fait les logarithmes…

– Mouais, mais c'est pas dangereux, si on ne sait pas ce que c'est ?

– Eh bien, souffle Nath, on n'a qu'à considérer que c'est une boîte noire…

– Hein ?

– Oui, on entre des valeurs, et on regarde ce que ça donne à la sortie… sans se préoccuper de ce qui se passe entre les deux !

– Et comment on est sûrs de ne pas se tromper ? rétorque Paul, qui n'est pas encore tout à fait prêt à déposer les armes.

– À cause de l'exemple… Tiens, regarde, il y en a même deux…

Paul prend le livre en mains, considère l'écran, puis le livre à nouveau. Ensuite il insère les nombres que Nath a utilisés pour calculer les chiffres vitaux de Mia. Ses joues virent à l'abricot. Pour un peu, on croirait qu'il a pris un coup de soleil.

Les résultats s'affichent.

Ils concordent avec ceux de Nath.

– C'est bon, conclut-il dans un soupir. Tu sais…

– Oui ?

– Ton histoire de boîte noire, ça me plaît bien…

– C'est un truc que les vraiment doués ne peuvent pas comprendre, réplique Nath, un rayon de miel dans la voix.

– Qu'est-ce tu veux dire ?

– Juste qu'on n'est pas obligé, enfin pas toujours obligé, de *tout* comprendre pour s'en servir…

– J'avais jamais pensé à ça, avoue Paul, soudain songeur.

Nath jette un regard par la fenêtre. Le ciel a disparu, mais demeurent les étoiles, dont Alpha, quelque part.

La première de ses solutions a bien fonctionné. Il n'est pas temps, pour autant, de se reposer sur ses lauriers. Il reste à mettre en place la seconde.

Car cette seconde solution porte un nom.

La fille des étoiles

Nath regarde Paul, puis Bouba, qui s'est assoupie sur son fauteuil rouge. Elle ne ronfle pas, elle respire juste un peu fort. Il saisit son visiobile et, fort de son expérience concernant la qualité du sommeil de son aïeule, lance à claire et intelligible voix : « Estella ! ».

Alors qu'effectivement Sylvie, sans ouvrir l'œil, bronche à peine, Paul signifie à Nath, le doigt sur la tempe, qu'il nage en plein délire.

– Non mais, ça ne va pas ? Tu as vu l'heure ?

– T'inquiète, c'est prévu…

Nath rassure Paul alors qu'il est lui-même inquiet, plus qu'inquiet, mais pour une raison différente.

C'est là qu'être deux prend tout son sens…

Cela dit, il y a quelque chose de changé entre lui et

Paul, quelque chose qu'il aimerait bien conserver après, juste comme ça, quand tout sera terminé.

– Allô, Estella ?

– Oui, Nath…

Estella chuchote. Son visage est tout bleu parce qu'elle parle depuis son lit, sous sa couverture, éclairée par le seul écran de son visiobile.

– C'est toujours d'accord ? demande Nath, sous le regard effaré de Paul.

– Oui, murmure Estella, on fait comme je t'ai dit tout à l'heure, tu sais, dans le dernier texto… Je laisse un mot pour maman, au cas où elle se réveille, mais ça n'arrivera pas, et on se retrouve à l'hosto.

– C'est ça, juste devant… Heu… Estella ?

– Oui ?

– Paul vient avec moi.

L'intéressé croise les bras, juste pour signifier qu'il aurait bien aimé être prévenu de ce qu'on avait décidé pour lui, mais, au ton de ses taches de son, on voit bien que c'est une protestation de pure forme.

– Bonne idée… souffle Estella la pervenche, comme ça tu ne seras pas tout seul, dans la chambre…

– Mais enfin, Estella, de toute façon, il y a M…

Nath laisse sa phrase en suspens, pour chasser au plus vite l'idée que Mia puisse être là sans être là.

– À tout de suite, alors…

Sylvie est toujours endormie. Nath lui écrit un mot, qu'il laisse bien en évidence sur le bureau : « *Bouba, ne t'en fais pas, je reviens, mais Serge avait dit d'aller vite. Kishes, Nath* ».

– *Kishes*, c'est quoi ? interroge Paul, qui, sans la moindre vergogne, a lu par-dessus son épaule.

– C'est un peu comme bisous, bises, *kisses*, mais ce n'est pas vraiment pareil... Enfin, chez nous, c'est comme ça qu'on dit...

– Ah ? Jamais entendu...

– Ça remonte à loin, je crois, mais, bon, c'est presque pareil... On y va ?

– On y va, souffle Paul, alors qu'une soudaine pâleur, une fois l'éclairage éteint, convertit sur son visage les reflets orangés en ombres laiteuses.

Le voyage en aérobus est plus rapide de nuit que de jour, car certains arrêts sont supprimés. Les deux garçons sont rapidement en vue de l'hôpital.

Estella les a devancés. Elle leur fait signe depuis la fenêtre de l'accueil, qui, tout bien réfléchi, est la cousine de celle de l'aquarium du collège.

Pas de question indiscrète à ce stade : l'accueil est tenu par une infirmière robot, au calot un peu penché, dont l'occupation principale consiste à répondre au téléphone en sélectionnant l'une de ses deux cents phrases-type, et à scruter les moniteurs de contrôle de son infaillible œil électronique.

Les trois complices se glissent à l'étage de Mia. Le couloir n'est plus éclairé que par des veilleuses blafardes. Nath ne les avait jamais remarquées.

N'importe quel Freddy, vorace, pourrait sortir des murs au moindre relâchement des paupières. Bien entendu, c'est Estella qui est la plus courageuse. Elle prend ses deux camarades par la main, chacun une.

La porte du bureau des infirmières est entrouverte. Aucun bruit n'en sort, juste une lumière crue, qui cisaille le corridor et en occulte presque entièrement la seconde moitié.

Le plan est arrêté. Il n'y a plus qu'à le suivre. Paul et Nath se dissimulent dans le local de service à côté des graviscenceurs. Estella avance, dans la pénombre, seule, démunie, vers la baie de lumière froide.

À quelques mètres de l'ouverture, elle se met à hurler.

Paul a bloqué sa respiration et garde les yeux fermés, paupières crispées.

Nath n'a plus peur. À cet instant, il se sent fort, parce qu'il fait ce qu'il faut, parce qu'il l'a décidé, parce qu'il n'est pas seul, et, surtout, parce qu'il n'a pas le choix. Oui, se dit-il, le choix, je ne l'ai plus, parce que je l'ai fait. Et cela lui donne une confiance inouïe, une confiance à la Simon, ou même à la David, quand il explore les étoiles. Alors, il approche son œil de l'entrebâillement de la porte et guette, avec le calme de l'ours et l'acuité du jaguar.

Les opérations seront plus ou moins délicates selon la personne qui va sortir. Mais il y a un plan A, un plan B, et même un plan C...

Estella pousse des cris stridents. Personne ne s'extrait de l'antre de lumière.

Un bruit, soudain, un bruit enfin, comme une chaise qu'on pousse, ou plutôt qu'on repousse.

Un pas lourd de zombie.

Mme Gordain émerge de la tache irradiante. Elle s'approche d'Estella sans précipitation.

– Que fais-tu là, fillette ?

Sa voix est rauque. Elle est un peu engourdie, hébétée. Il est évident que les cris l'ont réveillée. À quoi peuvent ressembler les rêves d'une telle créature ? De quoi a-t-elle peur ? Qu'est-ce qui peut l'attendrir ?

A-t-elle eu une mère ?

C'est idéal, pense Nath. Pour un peu, il aurait voulu être à la fois ici, pour faire ce qu'il va faire, et là-bas, pour combattre par lui-même l'hydre qui a fait jeter Serge en prison. Il jette un regard vers Paul, qui reste prostré dans sa position, aveugle et sourd. Il mesure à cet instant la valeur de son amitié pour Paul.

Estella, comme prévu, ne répond pas.

– Comment t'appelles-tu ? demande à présent l'infirmière, sans aménité.

Nouveau silence de la « fillette ».

– Allons, insiste la femme en blanc, d'où viens-tu ?

D'un doigt levé au bout d'un bras tendu vers le ciel, Estella désigne le plafond.

– Hein ? Qu'est-ce que cela signifie ?

– É... é... é... toiles ! balbutie Estella d'une voix grave, limite gutturale.

– Mais qu'est-ce que tu me chantes là, s'impatiente Mme Gordain. Qu'est-ce que c'est que cette histoire ? Un exokidnapping ? Tu me fais marcher ?

Depuis quelque temps, des bruits couraient, en effet, que des enfants avaient été enlevés, puis restitués à la vie terrestre dans des conditions rocambolesques... Des journalistes avaient même enquêté...

Estella abaisse son bras, mais sans le replier, jusqu'à l'horizontale. Son index tendu désigne à présent son interlocutrice avec une insistance mécanique.

– Toi... Toi... Toi... brame-t-elle avec une sorte de rythme syncopé... Quatre-tiers-pi-R-trois, toi... Viens sur toit, sur toit... Toi, voir toit... toi... sur toit...

Là-dessus, elle se met à siffler l'air entre ses dents,

que son appareil métallique rend visibles dans la pénombre.

La forte femme ne sait visiblement pas quel plat on lui sert. Mais quand le mystère est total, n'est-ce pas précisément là que l'on est le plus tenté d'y croire ? Cette aventure n'est-elle pas *le* moment que Mme Gordain a attendu toute sa vie ?

– Tu veux qu'on aille sur le toit, petite ? C'est ça que tu veux ? Et tu veux aussi que je te croie ? Décidément, tu veux beaucoup de choses… Eh bien allons-y sur le toit, mais gare à toi s'il n'y a rien, attention…

Sur ces considérations, elle saisit Estella par une oreille et, sans ménagement, l'entraîne vers les gravis-cenceurs…

Le toit de l'hôpital est vaste, très vaste… Et Estella, avec ses jambes maigres et ses genoux osseux, court vite, très vite…

Nath et Paul ont au moins dix minutes devant eux. C'est sept de plus qu'il n'en faut pour reprogrammer la perfusion sur le tableau de monitorage.

Mia n'a pas bougé, pas même changé de position, lorsqu'ils pénètrent dans la chambre.

Paul, quant à lui, a retrouvé toute sa vivacité.

Nath lui indique l'écran tactile. La ligne du bas, en

caractères noirs et gras, est saisissable par double triple-clic, comme dans n'importe quel jeu virtuel.

– Tu me dictes les chiffres !

Nath est aux commandes et Paul l'assiste. Ça s'est fait comme ça, naturellement, chacun a besoin de l'autre pour cette opération de la dernière chance.

– Attention, souffle Paul, il faut se mettre en mode repro confirmée, sans quoi les étapes deux et trois risquent de ne pas se lancer.

L'écran tactile affiche en effet un vaste choix de modes de saisie. Heureusement, l'option indiquée par Paul est présente. Non grisée.

En quelques secondes, tout est saisi. La ligne noire palpite à nouveau, aussi innocemment que possible, ses données numériques illicites.

Que Jacques Benvenida, où qu'il soit, veille sur nous, et sur Mia en particulier.

Nath s'approche de Mia et lui fait un baiser papillon sur la joue, comme il faisait il y a quelques années. Il l'embrasse ensuite pour de vrai, sur les deux joues, comme il faisait il y a quelques jours, mais en y prenant plus de temps.

– Je peux l'embrasser aussi, on ne sait jamais ? demande Paul.

– Non, non, elle ne comprendrait pas, rétorque

Nath sans embarras, mais tu peux lui serrer la main – à condition de le faire doucement, hein ?

Paul s'exécute, et la douceur se sent à sa façon de baisser les cils sur la belle endormie.

Ils s'approchent du graviscenceur.

Le témoin lumineux indique que la cabine est en phase de descente. Rien ne permet d'exclure qu'elle vient d'en haut, du dernier étage, du toit.

Paul regarde Nath. Nath regarde Paul.

Sans se consulter plus avant, ils s'engouffrent dans la cage d'escaliers. Elle est sombre, elle sent le vomi, ou l'urine, ou le ciment vieilli, mais tout vaut mieux que se retrouver face à face avec une Gordain en colère.

Ils sautent les marches au rythme de leurs cœurs qui sautent les battements.

Le tunnel vertical n'en finit pas.

Ce n'est qu'en apercevant le pâle chatoiement des éclairages publics filtrant à travers la porte du rez-de-chaussée que Nath a une pensée pour Estella.

Et si elle ne revenait pas ? Ce serait alors un drôle de troc… Estella disparaissant pour que peut-être, et seulement peut-être, Mia réapparaisse.

Une équation pas très équitable…

Heureusement, l'attente est de courte durée.

Nath n'a pas encore retrouvé sa respiration

qu'Estella s'extrait du sas d'entrée, petite princesse des étoiles. Elle est essoufflée, ses pommettes sont en feu, mais elle arbore un sourire victorieux.

– Il n'y a plus qu'à attendre demain matin, conclut Nath, un accent grave soudain dans la voix.

L'épreuve

La lumière du matin filtre à travers les volets. Elle vient caresser les paupières encore closes de Nath. Dommage que la nuit soit déjà finie : son rêve – espace, monstres de l'espace et ruses galactiques – n'est pas vraiment terminé et qui sait s'il le retrouvera la nuit prochaine ?

David entre dans la chambre et s'assoit sur le lit. Il se penche et embrasse son fils sur les deux joues :

– C'est l'heure, mon grand… Tu n'as pas oublié ?

Nath n'a pas oublié. C'est aujourd'hui le 31 et le collège, dont on a bouleversé l'agencement pour l'occasion, est prêt à accueillir tous les candidats des tests INPPM.

– Tu m'emmènes ?

– Bien sûr, c'était convenu comme ça, non ? réplique David, un soupçon de moquerie dans la voix.

La perspective d'un voyage en gravimoto, blotti contre le large dos de son père, inonde Nath de joie. Dès qu'il enfile le casque intégral polarisé, l'aventure commence. Et quand le vent, affolé par la vitesse, bruisse à ses oreilles, le temps ne passe plus, il vibre.

Il y a déjà presque deux semaines que David est rentré. Simon est là aussi. Il est revenu de son stage spatial, avec ses lunettes rondes et son air appliqué. Il a récolté un 76 sur 80 à l'épreuve théorique, mais il doit subir à nouveau la partie pratique, une fois qu'il se sera adapté aux lentilles de contact biologiques. C'est l'affaire de quelques semaines. Pour l'instant, Simon fait des essais deux heures par jour. Chaque soir, il a les yeux rouges.

Nath se lève, passe aux toilettes et se dirige vers la cuisine. David a fait griller du pain.

– Tu veux du beurre avec la confiture ?

Bizarre comme, en prenant de l'âge, les parents se mettent à ressembler aux grands-parents.

– Merci, papa, juste un peu, tu sais, gratté, comme j'aime bien. Bouba a appelé ?

– Oui, elle est partie pour quelques jours avec Serge. Il paraît qu'ils ont des dizaines d'années à se raconter.

– Vivement qu'ils reviennent… Les histoires me manquent…

Simon apparaît à cet instant :

– C'est vrai, remarque-t-il avec une pointe de sarcasme, Bouba te raconte des histoires vraies, Serge des histoires inventées, et toi…

– Oui, acquiesce Nath, presque sérieux, j'aime bien les deux…

Simon proteste mollement :

– Ils n'ont pas fait ça pour moi quand j'avais ton âge…

– Les aînés, ce n'est pas pareil, note David sur un ton de philosophe désabusé.

Nath remonte dans sa chambre. Il choisit ses vêtements tout seul, maintenant. Pour les tests, il a besoin d'être à l'aise. Une chemise blanche, et un pull col V – il n'en a qu'un, mais il est vraiment doux ; d'après Bouba, c'est une laine italienne. Comme ça, il ressemblera un peu à Serge, qui n'a jamais raté un examen. Et si Enzo trouve la tenue « obsolète », comme il aime à dire, eh bien, qu'il aille le dire ailleurs.

Le journal d'Ethan est posé sur le bureau. Personne d'autre que Nath ne l'a encore ouvert, pas même Bouba. Nath leur dira quand, mais le moment n'est pas venu.

Il range ses affaires dans son sac. Le livre de maths est inutile, puisqu'on n'y a pas droit, mais la calculette peut servir, on ne sait jamais.

Mme Maillert lui a parlé la semaine dernière : « Tu n'es pas le meilleur, Nath, loin s'en faut, dans la classe, mais

depuis quelque temps, c'est toi qui as le plus progressé… »
Ça lui a fait plaisir, juste un petit plaisir, pas à cause du compliment, mais plutôt à cause du ton avec lequel elle a dit ça, comme si elle présentait des excuses, comme si le pauvre Nath était en passe de devenir riche…

Nath est prêt. David a enfilé sa combinaison biosynthétique. Comme ça, tout en noir, il ressemble à un chevalier de l'espace, il ne lui manque qu'un écu aux couleurs de l'humanité, une Excalibur ou une Zulfikar pour la défendre, et l'univers est à lui.

– Allez, monte ! dit David.

– Toi d'abord, papa ! répond Nath en souriant de la distraction de son père. Il faut bien que je m'accroche quelque part !

– Holà, fiston ! Aujourd'hui, c'est moi qui m'accroche. Tu conduis, et je te guide, d'accord ?

Il y a si longtemps que Nath attendait ce moment qu'il avait même oublié qu'il l'attendait.

Il consulte sa montre.

Ils ont le temps de prendre leur temps. Pas besoin de pousser les vitesses pour être à l'heure…

Il enfourche l'engin. Il sait comment le conduire, il l'a fait déjà, tant de fois, à l'arrêt…

David prend place à l'arrière sur le siège passager. La moto s'affaisse légèrement. Le bras de David le maintient. Il peut s'élancer.

Le collège est bientôt en vue. Estella l'attend près de l'aquarium, avec ses couettes brinquebalantes et ses genoux graciles. Paul est présent aussi, un peu plus loin, visiblement en conversation animée avec un « grand ». Bras tendus, il dessine des deux mains un paysage imaginaire que son interlocuteur, figé, n'a pas vraiment l'air d'apercevoir.

La gravimoto ralentit, se pose au sol, puis s'immobilise.

– C'est bien, mon fils, souffle David. Alors, à ce soir ? Tu sais ce qu'il te reste à faire, n'est-ce pas ?

– Oui, répond Nath, ne t'inquiète pas… Ah, papa, au fait… ?

– Oui, Nath ?

– Comment allait Mia ce matin ?

David se frappe la tête avec le gant :

– C'est vrai, j'ai oublié de te prévenir. Elle a dû sortir tôt pour accompagner une amie de l'atelier chez le médecin. Mais c'est elle qui vient te chercher tout à l'heure, après l'épreuve.

Ayant fait deux *kishes* sur les rugueuses joues paternelles, si paternelles cependant, Nath se dirige confiant vers l'aquarium.

L'air est vif, vif et léger, avec avril qui s'annonce. Il s'y sent comme un poisson dans l'eau.

Comment vois-tu les maths ?

Les chiffres donnent des boutons à certains tandis que d'autres les adorent. Pourquoi ? À cause de la représentation qu'on a de cette matière. Pour savoir quelle est la tienne, fais ce test !

1. Le calcul mental

■ Tu adores ça : d'ailleurs tu t'entraînes en permanence
● C'est le cauchemar : tu peines déjà à additionner deux chiffres !
▲ Ce n'est pas ta passion, mais c'est bien utile de savoir compter

2. Pour être bon en maths, tu penses qu'il faut

▲ Bosser un peu et surtout comprendre à quoi ça sert
■ Rien de spécial : c'est « naturel »
● Avoir un cerveau de « matheux », c'est-à-dire différent du tien !

3. Dans ton bulletin, à la case « maths », il est écrit

● « A décidé qu'il détestait les maths. Ne fait rien. »
■ « Brillant. Un futur Einstein. »
▲ « Bien. Continue comme ça ! »

4. Ce que tu aimes dans les maths

▲ Les problèmes de logique
■ La géométrie dans l'espace et les équations
● La fin de l'heure de cours

5. Pythagore, c'est

■ Le créateur du fameux théorème
▲ Un philosophe et mathématicien grec
● Un personnage de La Guerre des étoiles

6. Dans la vie de tous les jours, les maths servent à

- ● Strictement rien. C'est bien pour ça que tu ne vois pas l'intérêt de les étudier autant d'heures au collège!
- ▲ Plein de trucs concrets: compter, s'orienter… mais aussi utiliser la logique pour réfléchir…
- ■ S'amuser à créer des problèmes et à les résoudre: ton occupation préférée

7. Le sudoku

- ● C'est un jeu atroce, comme tous ceux qui comportent des chiffres, d'ailleurs
- ■ Tu adores ce jeu, tu y joues nuit et jour, et rêves de devenir champion intergalactique
- ▲ Tu y joues quand tu en trouves un dans un magazine et trouves ça plutôt marrant

8. Pour toi, un «matheux» est

- ● Un boutonneux à lunettes qui joue avec sa calculatrice pendant les récrés
- ▲ Quelqu'un qui adore les maths
- ■ Quelqu'un de normal, pas comme ces «artistes» qui n'ont aucune rigueur

9. Chez toi, on t'a toujours considéré comme

- ● Littéraire
- ■ Scientifique
- ▲ Rien de spécial: tout t'intéresse

10. Ton prof de maths

- ■ C'est ton idole: tu as affiché plein de posters de lui dans ta chambre
- ● Tu le hais, tout autant qu'il te hait d'ailleurs
- ▲ Ça se passe plutôt bien

11. Par rapport aux cours de maths, tu trouves que les cours de français

- ■ Partent dans tous les sens et sont un grand « n'importe quoi »
- ▲ Sont complémentaires et tout aussi intéressants dans un autre genre
- ● Sont autrement plus palpitants et… compréhensibles !

12. Tu as un devoir de maths à rendre demain

- ▲ Tu t'y mets un peu à l'avance, et prends le temps de bien comprendre
- ● Tu appelles l'ami qui te les fait en échange des devoirs de français
- ■ Tu t'amuses à démontrer le problème de 20 manières différentes et, comme ça ne te prend pas plus de 2 minutes, tu décides de faire en même temps tous les autres exercices du chapitre

Tu as une majorité de carrés

Les maths, c'est toute ta vie… depuis que tu as découvert tes premiers chiffres, l'un des plus grands moments de ta vie. Les chiffres, les problèmes à résoudre, les démonstrations, c'est ton dada ! Et tu considères les maths bien plus comme un jeu que comme une matière scolaire. Par contre, les autres matières t'embêtent, surtout les « non-scientifiques » qui te semblent être un « ramassis de débilités ». En fait, tu es dans l'idée – fausse – qu'il y a d'un côté des « matheux » (comme toi) et d'un autre côté des « littéraires » (surtout pas toi) qui ne peuvent pas se comprendre. Pourtant, ces mondes ne sont pas radicalement différents, et avec un peu d'entraînement, tu peux devenir aussi fort en jeux de mots qu'en calcul mental !

Tu as une majorité de ronds

Tu hais les maths. C'est à se demander si tu ne t'es pas fait attaquer quand tu étais petit par un troupeau de calculatrices fulminantes ! L'évocation du moindre chiffre, du plus petit losange te plonge dans un état dépressif intense. Tu le sais depuis toujours : toi et les maths n'êtes pas fait pour vous entendre. La preuve ? Tu n'as jamais eu plus de 4 de moyenne en maths et tous les profs de cette matière maudite te haïssent. Heureusement, il y a les matières littéraires, artistiques, le sport... enfin, des disciplines normales et compréhensibles, quoi ! En fait, tu t'es enfermé(e) dans l'idée que tu n'étais pas un(e) matheux(se), et du coup tu fais en sorte d'être le (la) plus nul(le) possible dans cette matière. Et si tu te décontractais un peu et que tu essayais – juste pour le plaisir – de tester un petit sudoku ?

Tu as une majorité de triangles

Tu aimes les maths, parce que ça te permet de comprendre plein de choses. Les maths, tu n'en fais pas tout un fromage. Il y a des chapitres qui t'intéressent, d'autres moins, mais en bossant un peu, tu n'as pas de problèmes pour comprendre. Et il t'arrive même de t'amuser en résolvant certains problèmes pour le collège. En fait, tu as compris que les maths étaient une matière comme les autres, dans laquelle chacun peut réussir. Et tu as compris que les maths, c'est utile ! D'abord, dans la vie de tous les jours, quand il s'agit de compter, de s'orienter, de s'organiser. Mais surtout que, dans les maths et les démonstrations, il y a une logique qui sert dans les autres matières et dans les discussions. Et toi, argumenter et démonter la logique des autres, c'est ton truc. Profites-en pour expliquer à tous ceux qui pensent qu'il y a des « littéraires » d'un côté et des « matheux » de l'autre qu'ils n'ont rien compris !

Imprimé en France par Dumas-Titoulet Imprimeurs à Saint-Étienne
N° d'édition : 004600-02 - N° d'imprimeur : 46112
Dépôt légal : octobre 2007